暴君王子の奴隷花嫁

Kawaiko
かわい恋

JN267148

CHARADE BUNKO

Illustration

藤村綾生

CONTENTS

prologue

「だから潤也《じゅんや》。おまえに、エーグル・ドールという海外にある学園へ特待生として編入をしてはどうかと言ったんだ」

「……いまなんて？」

尋ね返すと、腹違いの兄である京也《きょうや》は楽しげに口端を吊《つ》り上げた。

突然の提案に困惑し、神宮寺《じんぐうじ》潤也は兄をまじまじと見た。

潤也とはひと回り以上離れて今年二十九になる京也は、父の後継として若いながら会社の重役たちから期待を寄せられている。

「安心しなさい潤也。私の母校だ。すばらしい学園だよ。本来なら十一年生からの編入は受けつけていないが、おまえの歳《とし》の特待生が一人体を壊して辞めてしまってね。ちょうど枠が空いているんだ。条件はかなり厳しいが、おまえなら大丈夫だ。私が推薦してあげよう」

潤也の心の中で、兄への不審がむくりと頭をもたげた。

機嫌のいい京也は珍しい。潤也の母が愛人ということで、京也は常に潤也を汚らわしいものを見る目でいた。無理もないだろう。傲慢《ごうまん》な父は同じ屋敷に愛人とその子を住まわせ、本妻と息子である京也をないがしろにしてきたのだから。

その父が亡くなったのはつい先日だ。

「でも……、母が病気ですし……」

数年前から病に伏している母と潤也は、父が急逝したその日に屋敷を追い出された。まだ高校二年生になったばかりの潤也は行く当てもなく、病気の母だけでもここにいさせて欲しいと本妻に頼み込んだが、はねつけられてしまったのだ。

古い小さなアパートを借り、通っていた高校も辞め、これから仕事を探さねばならないところである。そんな自分に、とてつもない金がかかりそうな、しかも外国にあるという学園に入学するなど現実的でない。

実際、辞めてしまった高校も授業料はすべて払い込み済みだったのだ。ただ生活するために学校を辞めて働かねばならなかったのである。編入先の授業料を免除してもらっても、生活の土台がないのだからどうしようもない。

京也はことさら猫なで声を出した。

「潤也、生活のことなら心配ない。エーグル・ドール学園は全寮制で外に部屋を借りる必要はないし、特待生には返済義務のない多額の奨学金が支給される。おまえの母が入院できるほどのな。努力次第で特別手当も期待できる。どうだ、いい話だろう?」

兄の表情は狐《きつね》のようだ、と思った。優しげな口調で甘い言葉を囁《ささや》いていても、冷えた目は笑っていないように見える。これまで自分に対してニコリともしたことのない兄がこんな態度を取るのであれば、なにか裏があると勘ぐるのは当然だろう。

「そんな高額な奨学金をいただけるほど優秀な人間ではありません」

「とんでもない。おまえは語学も堪能だし、成績だって申し分ない。退学なんてもったいないと私も思っていたんだよ。おまえのバックグラウンドは私が保証する。あとは簡単な面接とフィジカルチェックだけでいい。ちょうど九月からの新学期に間に合うだろう」

「そうでしょうか……」

いま聞いた内容が本当なら魅力的な話だ。潤也にとって一番の気がかりは母である。

一日のほとんどを床で過ごす母に満足な治療を受けさせてやれないのが不安でたまらないのだ。自分が傍《そば》についていたいのはやまやまだが、どちらにしろ潤也は働きに出なければならない。高校中退ではろくな働き口がないし、朝から夜中まで働いても母子二人暮らせる金になるかどうか。近くにいられなくとも、入院していてくれれば安心ではある。

けれど……。

「どうして京也さんは、ぼくにそんなにしてくれるんですか？」

ぼくを嫌いなのに、という言葉は呑《の》み込んだ。京也は潤也に兄と呼ばれることすら嫌う。常に潤也を目の敵《かたき》にしてきたのだ。潤也は子どもの頃から目立たぬよう、本妻と京也に遠慮して暮らしてきた。あたらずさわらず、控えめに。

自分たち親子が疎まれていること、空気のようにしていなければならないことを、幼いときからわかっていた。もの静かで謙虚な母も、妻妾《さいしょう》同居に胸を痛めていたようだ。母が病気になったのはそのせいではないかと潤也は思っている。

だから本来ならば将来潤也が受け取れるはずの遺産でさえ、後見人である母ともども「盗人猛々《ぬすっとたけだけ》しい」と罵《ののし》られてしまえば、もともと負い目を感じていた自分たちは放棄の手続きを取らざるを得なかった。顧問弁護士はつぎの主《あるじ》である本妻側の味方である。

「もちろん、おまえが不憫《ふびん》だからだよ。少なくとも私たちは血の繋《つな》がった兄弟だ。おまえの窮状をなんとかしてあげたいと思うのは当然だろう。母の手前、表立っておまえに援助はできないが、この方法ならおまえ自身で金を稼ぐのだから母だって文句は言えないさ」

どうしよう。海外で暮らすなんて不安が大きいけれど、勉強をさせてもらってお金ももらえる。とてもいいように思う。正直、これからどうやって暮らしていけばいいのかと、かなり悲観的になっていたのだ。

「これでも兄としてできる限り考えた結果だよ。いままで辛《つら》い思いをさせたが、これからは兄として頼って欲しい」

いたわるようなまなざしと親身な言葉に、警戒した心がほどけていった。いままで辛く当たられてきたからといって、兄の親切を疑うとは自分はなんて心貧しいのだろう。困っている人を見たら手を差し伸べたいと思うのが人間ではないか。ましてや兄弟ならば。

初めて兄の優しさに触れ、潤也は温かい気持ちで首を縦に振った。

誓約書

一、すべての生徒は単身で入寮し、学園の規則に従って生活すること
二、安全のため、生徒および職員の身元、氏名は外部に公表しない
三、学園についてのいかなる情報も第三者への口外を禁ずる

以上の事柄は本学園に在学中、遵守しなければならない。二、三については生徒の在学、休学期間、および卒業、退学後のいずれにかかわらず効力を発揮するものとする。

1

ぼくの部屋に鍵はかからない――。

ぐち……、にちゅっ……、と湿った音を立てながら自分を出入りする、硬質な痛みに気が遠くなる。いったいいつになったら解放されるのか。

潤也はぼんやりとうす目を開けた。目の前には黒々とした陰毛が汗ばんで光っている。口内を満たす雄の味が気持ち悪い。

――いまどんな体位をしてるんだっけ。

ああ、そうだ、騎乗位で下から揺さぶられてるんだ。後背位では、もう手をついて自分の体を支える力が残っていないから。

何度起こしてもすぐにくずおれる潤也に焦《じ》れた少年たちが、体を抱えて誰かの上に跨《また》がらせたのだ。

潤也に挿入している少年が両手で潤也の肉づきのうすい腰を摑《つか》み、猛ったもので口を塞《ふさ》ぐ少年が頭を押さえ、背後から潤也を支える少年が脇から腕を差し入れて陰茎を弄《いじ》っている。

同じ学生寮で暮らす生徒たちは入れ代わり立ち代わり潤也の部屋を訪れ、潤也を好きに嬲《なぶ》っていく。

もう何人受け入れたか覚えていない。今日は特に多い気がする。いや、気がするだけでいつも同じなのかも。

まだこの学園に編入して二か月なのに、すっかり慣れてしまった男の匂《にお》い。日本で机を並べていた友人たちより、いろいろな国から集まっているこの学園の生徒はみなひと回り体格がいい。

「くぅん……っ、んぁ、ぁ、ぁぁぁん……」

隣で子犬が啼《な》くような声が聞こえてちらりと横目で見やると、潤也と同じ「特待生」で一学年下の少年が、金色の巻き毛を揺らして犯されているところだった。確かあの子はルカ。

ルカはソファに腰かけた男に深々と貫かれながら、膝裏《ひざうら》をすくわれてこちらに向かって大きく股《また》を開かされ、結合部も露《あら》わに突き上げられている。ルカの両側に立って耳孔《みみあな》になめくじのような舌をねじ込む男たちの逸物《いちもつ》を手で擦《こす》りながら。

学園名にもなっている金の鷲《エーグル・ドール》の意匠が施されたエンブレムのついた紺のブレザーと、グレンチェックのズボンは床に落とされ、シャツから抜き取られたエンジの細タイはルカのペニスの根元を縛り上げるのに使われている。赤黒く色を変え始めた屹立《きつりつ》がゆらゆらと揺れ動く。着衣のまま大きくはだけられた姿は全裸よりもいやらしく見えた。

あんな小さな体にあんな大きなものが……。

小柄で色白なルカの脚の間を、血管を浮き上がらせて猛った男根が出入りしている。かき混ぜられて泡立った精液が男の陰茎を蛇《へび》のように伝い、睾丸《こうがん》を濡《ぬ》らし、周囲に飛び散っていた。あの子はあれで何人目なんだろう。

天使のように愛らしい少年に腰を打ちつけるのは、イタリアンマフィアのドンの息子だ。乱暴者の彼に見初《みそ》められたルカを気の毒に思う。この子はいつも痣《あざ》だらけだ。右の乳首に小さなルビーのピアスがきらめいているのが痛々しい。嵌《は》められたばかりらしいそこは真っ赤に腫《は》れて、左よりもずっと大きく見える。でもこの宝石はルカへの「特別手当」なのだ。

マフィアの息子は有色人種を好まないので、潤也のことは最初から歯牙《しが》にもかけない。それなのにわざわざ潤也の部屋にルカを連れ込んで犯すのは、被虐の気質があるこの少年の興奮が増すかららしい。潤也に群がる少年たちも、相互観賞により性感を高めているようだ。

「いやぁ……、みないで潤也、はずかしいよぉ……」

嫌だと泣きながらルカの瞳《ひとみ》は興奮でうっとりと蕩《とろ》けている。ルカの口端を唾液《だえき》が伝う様を眺めながら、自分もいまにこうして悦《よろこ》ぶようになるのかと霞《かす》んだ脳で諦観《ていかん》して目を細めた。

「潤也……、ほら休むなよ」

言いながらキュッと乳首を抓《つま》まれる刺激に、朦朧《もうろう》とした意識が引き戻された。咥《くわ》えていても舌を動かさない潤也にいらついている。

「許してやれよ、潤也はもう限界なんだよ」

ジンと痛んだそこを、そう言って横で見ていた他の少年が癒《いや》すように舌で撫《な》でる。

「んく……、ん……」

指先でこねられながら舌で濡らされる。後孔への痛みとは裏腹の甘い感覚にじんわりとした快感を得て、潤也はもじもじと体をくねらせた。

「……っ、いいぜ、いますごく締まった。おい、誰か潤也の咥えろ。コイツ感じるほど締めてきやがるから」

潤也に挿入している少年の言葉に、すぐに別の誰かが潤也の陰茎を口に含む。

疲れすぎてもう半分首を垂れかけていたそれは、直截《ちょくせつ》な刺激にたちまち力を取り戻していった。さきほど潤也を背後から支えていた少年は、陰茎を他に譲って、今度は潤也の背中を舐《な》め下ろす。

喉奥《のどおく》、乳首、陰茎、背中、後孔……全身の敏感な部分を一斉に責められ啼き声を上げた。

「やぁん……っ！　やぁっ、それ、も、やぁ……、今日……、もう、ゆるして……！」

絶え間ない責め苦に涙が滲《にじ》んできた。挿《い》れられっぱなしの肉筒はひっきりなしに襲う痛みと快感に痺《しび》れきっている。蕾《つぼみ》は勝手にひくつくばかりでもう自分で力を入れることもできない。

「あーあ、泣いちゃった。しょうがないな」

笑みを含んだ声に潤也の体がびくんと竦《すく》んだ。背を舐めていた少年だ。

学年でトップの成績を誇るユーリだった。秀麗な顔立ちの秀才は教師たちの気に入りだが、潤也にとってはおそろしい相手だ。涼しげな顔をして、いつも残酷な遊びを思いつく。眼鏡《めがね》の下には常に冷たい青を湛《たた》えている。

「じゃあね、ゲームをしようか。これから目隠しして挿れるのが誰のペニスかわかったら今日は終わりにしてあげる。その代わり間違ったら……、二本いっぺんに挿れちゃおうかな」

耳もとで囁かれた罰に、ゾッとして青ざめながら首を振った。

それをされて、別の「特待生」は先日病院に送られたのだ。

「い、いやだ……、怖い……」

「間違わなきゃいいんだよ?」

ユーリは優しいといっていい仕草で潤也の頬《ほお》を撫で、濡れた眦《まなじり》にキスをひとつ落としてから、潤也の目にアイマスクをつけた。視界を奪われて心細さに拍車がかかる。

「だって。そ、そんなの……、わかんないよ、ユーリ」

自分を押し広げる形だけで誰のものか当てろだなんて。擦られすぎてもう感覚なんてないに等しいのに。

怯《おび》える潤也を宥《なだ》めるように、ユーリはそっと耳朶《みみたぶ》を噛《か》んだ。

「大丈夫、潤也ならわかるよ。昨日だって目隠しフェラして誰のか当てるクイズ、ちゃんと正解したじゃないか。上の口でわかって下の口でわからないことないだろう?」

舐めるのと嵌めるのでは全然違う。舌なら味だけでなく、体臭やその形までわかる。

潤也の体が持ち上げられ、男根がずるりと抜ける。ぱっくり開いた孔から、肉筒を満たしていた数人分の精液がボタボタと零《こぼ》れ落ちた。マフィアの息子が、ハッと鼻で笑った。

「いやらしいな、日本人の猿は。ヒクヒクして、もっと男食いたいってケツからよだれ垂らしてるみてえだぜ」

だらしなく白濁を垂れ流す蕾を見られる羞恥《しゅうち》に体が震えた。

ユーリがくすくす笑ってそれを諌《いさ》める。

「やめなよ。きみは有色人種を嫌いだからそんなふうに言うけど、真《ま》っ直《す》ぐな黒髪も、黒い目もきれいじゃないか。顔だってほら、潤也は日本人形みたい。ぼくは東洋人て好きだよ。肌は滑らかだし、なんたって穴の締まりがいいからね。潤也のココは最高だよ。きみも試してみればいいのに」

言いながら、潤也の尻肉を両側から掴んで蕾を開く。中からさらにどろりと大量の精液が溢《あふ》れ出た。生暖かい感触に熱い息が漏れる。

潤也の痴態に煽《あお》られたマフィアの息子が、ますます派手にルカを責め立てる音が響いた。甲高い悲鳴がＢＧＭのように耳に飛び込んでくる。

少年たちが場所を入れ替わる気配がし、再び持ち上げられた潤也の体がゆっくりと串刺《くしざ》しにされていく。

「いっ……、あ、あ、あん……、あ……これ、だれ……？」

ぬく、と潤也の中に潜り込んだ切っ先は、硬く膨れた部分で入り口を目いっぱい広げていく。両脇から支えられて腰を落とされ、極太の欲望が根元まで潤也の中に潜り込んだ。

「あふ……っ、あ、おっきい……！」

この大きさは、アレックス……？　それとも……？

体が裂かれそうなほどの巨根を詰め込まれ、腰が砕けそうだ。それでも罰をおそれて、必死で締めつけて形を探ろうとする。

「ははっ、見ろよ。淫乱猿め！　嫌がってた割に気持ちよさそうに腰振ってるぜ。けっこう二輪挿しだって悦んじまうんじゃねえか？」

揶揄《やゆ》に心臓が痛んだ。羞恥と、恐怖と。冷たい汗が背筋を伝う。

どうしよう……。ユーリはやるといったらやるだろう。一本でもぎちぎちなのに、二本なんて壊れてしまう。下手したら死んでしまうかもしれない。怖い……怖い……！

「ほら潤也。誰のおちんちん？」

わざと子どもみたいな単語を使ってユーリが楽しげに聞いてくる。その言葉で答えろというのだ。

懸命に記憶を探った。肉の硬さ、熱さ、座り込んだ尻の皮膚に当たる毛の量、内壁に届く性器の角度――。

毛が、濃い気がする。じゃあ多分きっと、きっと……。

「これは……、リゾ、の……、おちんちん……」

答える瞬間、怖くて喉の奥で声が絡んだ。

くす、とユーリが笑う。「あーあ」と呟《つぶや》かれて、違ったのかと背筋が凍った。

「正解。ちょっと簡単すぎたかな」

言いながらアイマスクを取られる。少年たちの中でもいちばん大きくていちばん毛深いリゾが、にやにやしながら下から潤也を眺めていた。

ホッとして脱力した。ぐにゃりと倒れそうになる潤也の体を、少年たちが支える。

「じゃあ約束通り、今日はこれで終わりにしてあげる。最後にあったかいの、ぜんぶ体にかけてあげるからね」

リゾの雄を嵌め込まれたまま、前に立ったユーリを咥える。背後から二本のペニスが潤也の両脇に差し込まれた。熱い肉が往復すると、脇下の柔らかい皮膚に先走りが擦りつけられてにちゃにちゃ音を立てた。さらに残った少年たちの雄を両手に握らされる。嬲る方も楽な体勢ではないだろうに、それよりも六人がかりで一人を犯す興奮に酔いしれているらしい。

「んふ……ぅん、あ……」

十代の少年たちの熱さ硬さはまるで灼《や》けた鉄のようだ。自分に擦りつけられる肉が淫猥《いんわい》な音を立てる。汗の匂いと、高い体温。ふっ、ふっ、と繰り返される息遣い……。

――あつい……苦しい……、誰か助けて！

少年たちの動きがますます逼迫《ひっぱく》する。

「あ……、俺、だめ、もう出るっ………！」

「お、俺も……っ」

手の中で灼熱《しゃくねつ》が弾《はじ》ける。ぬるっと潤也の手指を濡らしたかと思うと、勢いよく噴き出した白濁は潤也の頬と首に飛び散った。

「あつ……っ！」

物理的に熱いわけではないのに、いつもかけられると火傷《やけど》するような気になるのはどうしてだろう。

「そのまま、潤也。口開けてて」

思わずユーリの雄から離してしまった顎《あご》を捉《とら》えられ、口を開けるよう命令される。すぐにユーリの熱いしずくが顔中に振りかけられた。舌を伸ばして精液のシャワーを受け止める。タイミングを計ったように、少年たちがつぎつぎ吐精する。一人は胸に、一人は背中に。

「あっ……、ああ、ん……っ！」

同時にもっとも熱い飛沫《しぶき》で腸内を濡らされ、反り返った背をびくんびくんと波打たせた。全身に浴びた精をぬらぬらと輝かせ、そのまま後ろに倒れかかる。

「おっと」

潤也を受け止めた少年が、そのまま汚れたシーツの上に潤也の体を横たえた。

「じゃあね潤也、今夜も楽しかったよ。また明日遊ぼうね」

満足しきった少年たちが、笑いさざめきながら潤也の部屋をあとにする。

終わった……。

安堵《あんど》から一気に眠気が襲ってきた。シャワーを浴びたいけれど、そんな気力も体力も残っていない。指一本動かすのさえ億劫《おっくう》だ。

ガタン、と扉が開く音がして、驚いて身を竦ませた。まさか潤也を犯そうと他の少年がやってきたのでは……？

おそるおそる首をめぐらすと、マフィアの息子たちとその愛奴であるルカが、やっと行為を終えて部屋を出ていくところだった。ルカは腕を引かれながら、潤也に申し訳なさそうな視線を残していった。

彼らのいた場所を見て理解した。絨毯《じゅうたん》が愛液で汚れている。乾いてへばりつく前に拭《ふ》いておかなければ。

ああ、でも、体が動かない。

なんとか起き上がろうともぞもぞとシーツをかき分けてみるも、凌辱《りょうじょく》に奪われた力は戻ってこなかった。情けなさで泣きそうになったが、やがて諦《あきら》めて目を閉じた。

母の病気に障ると思い常に掃除には気を配ってきたので、潤也はとてもきれい好きだ。こんなふうに部屋や自分を汚したままでいるのはどうにも気持ちが悪いのに。

こんな夜が、卒業まで続く。あと一年八か月。自分は壊れずにいられるだろうか。また日本に戻って、母と穏やかに暮らせるのだろうか……。


白い天井。

白いブランケット。

ふと気づくと、潤也は病人のようなうすい綿のガウンを着て硬いベッドに横たわっていた。明らかに自室とは違う、白で統一された清潔な部屋だ。

医務室だ、とすぐに気づいた。医務室は学園の一階に位置しており、寮とは渡り廊下でつながっている。

痛む体をゆっくりと起こすと、パイプベッドがギッと音を立てた。部屋の隅で読書をしていた男が、本を机に伏せて潤也に近づく。

「起きた？　今夜も派手だったねえ」

さらりとした薄茶の髪を後ろでひとつにまとめ、フレームレスの眼鏡をかけた涼やかな目の男がにこやかに声をかける。

「カイ・ヤン先生……」

医務室のドクター、中国系のカイ・ヤンだ。三十に手が届くか届かないか。このエーグル・ドール卒業だという彼は、怜悧《れいり》な顔立ちでありながらくだけた口調で人に安心感を与える。

「そのまま座ってられる？　ホットミルクでも作ってあげよう。って、白い液体なんか見たくもないかな」

彼なりのジョークらしい。苦笑いした潤也にひらりと手を振って、備えつけのガスコンロに小さな鍋《なべ》をかけた。

軽やかな音程で歌を口ずさみながら、鍋に数種類のスパイスを入れていく。甘い香りが漂い、ミルクを注ぐとジュッと音が立った。

大きなマグカップを潤也に手渡しながら、

「はい。熱いから気をつけて」

カイ・ヤンは隣に丸い椅子《いす》を引き寄せて座った。

カップを受け取った潤也がふーふーと息を吹きかけながら、少しずつミルクを啜《すす》る様子を黙って見つめている。カイ・ヤンは潤也の前髪が目にかかりそうになるのを、長い指先でそっとすくった。目が合うと、切れ長の目を糸のようにしてほほ笑む。

「……ご迷惑をおかけしてすみません」

カイ・ヤンはいつも、汚れた潤也をきれいにして医務室で休ませてくれる。

「それも俺の仕事だし」

笑んだままの言葉は、音は優しいのに内容は冷たい。彼は優しいけれど、決して必要以上に守ってくれるわけではないのだ。否。これは潤也が「好きでしていること」なのだから、彼は後始末をしてくれているだけなのだろう。

スパイスの香りが心に沁《し》み込んでいく。だんだんと物思いに沈んでいく視界に、ぼんやりと数か月前の光景が蘇《よみがえ》った。

――そんな話聞いてません！　それじゃ奴隷じゃありませんか！

潤也が特待生の現実を知ったのは、入学のために日本を離れる前日のことだった。あのときの兄のうすら笑いを忘れない。

――いまさらなかったことにはできないよ、潤也。すでに奨学金は支払われているんだから。断るなら奨学金の三倍の違約金を支払わねばならない。おまえもおまえの母も路頭に迷うだろうな？

悔しいというより、悲しかった。一度は信じた兄がやはり自分を憎んでいたこと。金のためではなく、貶《おとし》めるために潤也を売ったのだということが。

それでも、なにも知らない母が京也に感謝をし、喜んでいる姿を見れば行かないわけにはいかなかった。「まさか京也さんが私たちを気にかけてくださるなんて」と涙ぐむ母に本当のことは打ち明けられない。

後戻りできず、たった二年の辛抱と囚人のような気持ちで海を渡った。

遅かれ早かれ、金のない潤也は夜の世界に堕《お》ちていただろう。ならば同じことだ。それを母に知られずに済んだことだけでも幸運だと思わなければ。少なくとも自分はこの金で母を入院させてやれた。それだけを誇りに、これは自分の選んだことだと覚悟を決めて。

ボーディングスクール――いわゆる全寮制の教育機関である。知識階級に就く人材を養成するため、少年たちが集団で生活を送り、教育を受ける場所だ。

永世中立国にあるエーグル・ドール学園の名は一般には知られていないが、徹底した秘密主義で生徒の安全を守り、未来の指導者たる人材同士の繋がりを持てる場として、一部の富裕な階層に人気がある。期間は九年生から十二年生までの四年間、在校生は合計約二百人に上る。学園内の公用語は英語。

完全に紹介でしか入学できないこの学園は、命を狙《ねら》われるような立場の少年が身を隠すのにもうってつけだ。永世中立国であるこの国自体かなり安全に行動できることもあり、資産家は大金を払って子弟をここに入学させるのである。学園内にいれば、ほぼ誰も手出しはできない。

だが年頃の少年が集団で生活していれば、当然鬱屈したものが溜まっていく。エネルギーの塊のような年代の少年たちが、それを発散できる手立てを持たなければ集団生活は成り立たないだろう。

そこで学園が用意したのが「特待生」である。様々な事情から身売り同然でやってきた特待生は、生徒たちの持て余した性欲のはけ口としてあてがわれる。口止め料を兼ねた奨学金と引き換えに、学園で性奴として過ごすのだ。

学園側は表面上それに気づかないふりをしている。なにがあっても特待生と生徒間の自由恋愛として黙認されてしまう。寮で起こる出来事に学園は基本的に関与しない。特待生は一学年に二名。特待生が体や心を壊して学園を去れば、そのぶんの補充がなされる。潤也のように。

そして兄の言った特別手当の正体は、資産家の息子たちから特待生への贈り物のことだった。体で媚《こ》びて金品をねだれということだ。それを知ったときは恥辱で頭が煮えたぎった。そうまでして金を稼がなければならないなんて。

けれど少なくとも、自分は母のために役立つことができる。そう思うことで、かろうじて自分を保っていられた。

「この王子様、今度ウチの学園に来るんだってさ」

カイ・ヤンの声に、ハッと現実に引き戻された。いつの間にかテレビがついていて、ひとりの美しい男を映し出している。

横顔に、目を奪われた。

しっかりと高い鼻梁《びりょう》と、遠くを見つめるきついまなざし。褐色の肌にくせのある黒い髪がまるで漆黒の獣のようだ。

潤也の目にはアラブ風としか形容できない民族衣装を纏《まと》っている。物語から抜け出たような風貌《ふうぼう》だ。

カメラのアングルが切り替わり、男の顔が正面から映される。横顔の印象より若い。だが美しさは変わらなかった。浅黒い肌に浮かぶ琥珀《こはく》色の瞳が、夜空に浮かぶ月のようで――月の化身かと思った。人形のように流される自分にはない野性的な雰囲気に、憧《あこが》れに似た思いが胸を突いた。

「……王子様？」

「シャムデーン王国、か。中東の方の第二王子らしいね。十八歳か……。十二年生での編入なんて珍しい。訳ありかな、こりゃ。うわぁ、生意気そうなのが増えるな」

カイ・ヤンが画面に向かって下唇を突き出す。男の名はバースィル＝ビン＝シャムデーン。ニュースではたしかに王子の留学を報じている。留学先の詳細は発表されていない。

「そんな話をぼくにしてしまっていいんですか？　生徒の身元は秘密のはずですけど」

「いいでしょ。王子なんて世界的に面割れてんだし、生徒たちだってすぐわかるよ。要は学園外部の人間にこーゆー人がいますよって言わなきゃいいってこと」

なるほど。そういえば生徒間ではあまり身元を隠している人間はいない。ユーリはロシアの貿易商の息子、アレックスは米国下院議員の息子だ。

王子はまだ十八だということだが、立派な体軀《たいく》のせいか堂々とした佇《たたず》まいのせいか、ずっと大人びて見える。

一瞬見惚《みと》れたけれど、自分にとって嬉《うれ》しいニュースではないとすぐに悟って下を向いた。潤也を娶る男が一人増えるかもしれないだけの話だ。

胸が重苦しくつかえて、飲みかけのカップをカイ・ヤンに返した。

「あらら、気が重くなっちゃったかな。でもさっきよりだいぶ顔色よくなったよ。さ、今夜はここに寝かせてあげるからゆっくり休むといい」

特待生の部屋に鍵はかからない。寮の生徒たちは、早い夕食が終わってから消灯までのいつでも好きなときに潤也の部屋を訪れることができる。消灯時間以降は自分の部屋から出てはいけない決まりになってはいるが、やはり規則を守らない学生というのはどこにでもいるものだ。だから潤也の気が休まるときはないといっていい。

だが医務室にいれば彼らは手出しできない。ここは学園内で唯一気を抜いていられる場所なのだ。

「最近ユーリたち少しやりすぎだね。日本人の特待生は珍しいから目立つんだろうな。潤也は特にきれいだし。ぼくも注意しておくよ」

先日も一人病院に行ったばかりだから、これ以上壊されては困るのだろう。替えの利く玩《がん》具《ぐ》とはいえ、そうそう新しく都合はできないのだから。

横になって目を閉じると、さきほど見た王子の面影がまぶたの裏にちらついた。せめて優しい人ならいいけれど……。

2

絶え間ない小さな振動が、腰の奥の敏感な部分を刺激している。

――授業中なのに……。

椅子の上で尻を淫《みだ》らに動かさないようにするだけで精一杯で、教師の声は聞こえていても内容はまったく理解できない。

コツコツと、靴音を響かせてフランス人教師が歩き回る。その音にさえ感じてしまいそうだ。

低い声でフランス語の教科書を朗読しながら教師が横を通ったとき、わずかな空気の流れが肌を撫でたような気がして、下を向いて唇を噛んだ。

「ジュンヤ……、ジュンヤ・ジングウジ」

教師に名前を呼ばれ、潤也はそろそろと顔を上げる。瞳は熱で潤み、頬が上気しているだろうことが恥ずかしい。

冷ややかな瞳が見下ろしてくる。

「体調が悪いのか?」

わかってるくせに。

教師だけじゃない。クラス中の誰もが、潤也が玩具を仕込まれているのを知っている。

「……大丈夫、です………、ひっ⁉」

突然、体奥で小さな玉の連なりが暴れだす。慌てて手のひらで口を押さえるも、上げてしまった悲鳴は取り戻すことはできない。

しかしそれよりも、続けて喘《あえ》いでしまわないように努力しなければならなかった。びくびくと波打つ体を折り曲げ、奥歯を嚙みしめて衝動に耐える。ブインブインと体内で鳴り響く振動音が、外にも聞こえてしまいそうで怖い。知られていても、聞かれたくはなかった。

恥ずかしい。どうして、先生の前でまでこんな……。

下腹と口を押さえて机にうつぶせる形になった潤也の肩を、隣の席のユーリがそっと抱く。

「先生、潤也は具合がよくないようです。医務室に連れていってもいいですか？」

暗黙のルールで授業中の行為は認められていない。なのに学年でもトップの成績を誇る彼はこうしてところ構わず自分を責め立てる。

教師は侮蔑《ぶべつ》の中に色濃い欲情を湛えた視線で潤也を一瞥《いちべつ》すると、

「そうしてあげなさい、ユーリ」

黒板に向かって歩きだした。特待生は生徒のもの。どれだけ興味を持っても教師は手を出せない。ユーリは教師をも焦らして弄《もてあそ》んでいるのだ。

「おいで潤也。立てる？」

ユーリが潤也の腰を抱いて立たせる。悔しいけれど、彼の支えがなければ歩くことはできない。

教室中の視線が自分に集まっている。ニヤニヤと笑うクラスメートたちに見送られて、二人は教室をあとにした。

扉を出た途端、気が緩んで膝が崩れた。予期していたようにユーリが潤也の体を受け止め横抱きに抱え上げる。ユーリはそのままこめかみに唇を押しつけた。冷たい眼鏡のフレームが額にコツリと当たる。

「可愛《かわい》いね、潤也は」

苦しい。

弄られすぎてすでに膨らみきった前立腺《ぜんりつせん》を刺激し続けられるのも、もうすぐにでも達してしまいそうなのも。

でも制服を着たまま逐情するなんて嫌だ。ユーリの命令で下着もつけていないのに。

医務室まで到底もちそうもない。

「もう、これ、取って……」

潤也は弱々しい声で懇願した。酷薄そうな青い色の瞳を細めて、ユーリが笑う。

「ふふ、仕方ないな。ぼくはきみが好きだから、そんな可愛い声でお願いされたら聞いてあげたくなっちゃうね」

好きだなんて。玩具として気に入っているだけだろうに。

ユーリは潤也を抱いたまま近くのトイレに入った。校内のトイレとはいえ、この学園のそれはホテル並みの設備と広さがある。いまは授業中なので他に人はいない。

洗面台の前に下ろされ、手をつかされる。後ろから潤也の首筋に口づけるユーリと鏡の中で目が合った。手はゆっくりと潤也の尻を撫でている。

「ユーリ……、出させて……、くるしい……」

「もちろんだよ。そのためにここに来たんだからね」

個室の扉を開けたまま、ズボンを脱いで便座の上に開脚でしゃがまされる。蜜《みつ》を垂らした屹立も振動で震える蕾もユーリの眼前に晒《さら》されて、恥辱で眩暈《めまい》がするほどだ。

「みないで……」

「本当に可愛いね、潤也。いつでも初めてみたいに恥じらって怖がって痛がって……、だから虐《いじ》めたくなっちゃうんだよ」

そんなことを言われても、恥ずかしくて怖くて痛いんだから仕方がない。心なんてない、人形でいようと思っても、すぐに感情は人間らしい痛みを感じてしまう。

「じゃあ中の物をいきんで出してみようか。遠慮しなくていいんだよ、トイレなんだから」

「そんな……！」

いままでも中に放たれた精液が零れるのを眺められたことはあるが、固形の物体を自ら押し出すのは屈辱の度合いが違う。排泄《はいせつ》も同然の行為を他人の目の前で行えというのか。そんなことをしたら人としての尊厳すら失ってしまう気がする。

「いやだ、そんなこと……」

「じゃあこのまま我慢する？　でももたないいんじゃないかなぁ。もう半分出かけてるよ」

つん、と頭を出しかけた球を指先でつつかれてカッと頬が熱くなった。体勢的に、体は異物を排出しようと自然に襞《ひだ》が弛《ゆる》む。球が襞を押し広げて頭を覗《のぞ》かせている図を想像したら脳が締め上げられるほど恥ずかしかった。

「ひぁっ！　あああああ……っ⁉」

グン、とパワーが最大値まで上げられて、体内の球が肉壁を打った。体外に出かかった球が震えてぬるりと出ていこうとするのを、必死に襞に力をこめて拒もうとする。だが皮肉にも下腹に力が入る形になって、肉筒で中の球をより締めつけてしまった。

ドンドンドンと音がするほど内壁に球がぶつかって、強烈に射精感が募っていく。慌てて力を抜いた途端、コードで繋がった球がひと粒、ぐるぐると回ってついに孔から転がり出て襞の周囲を叩《たた》いた。それが呼び水となって、潤也の括約筋《かつやくきん》が弛んでいく。

「ひゃあ……っ、やぁ！　ゆ、ゆるしておねがいっ、出ていってユーリ……！」

見せたくない、したくない！　それだけは嫌だ！

放埓《ほうらつ》の気配が近づき、ぶるぶると腿《もも》が震えている。

「おねが、おねがいだからっ、でちゃう…っ、も、でちゃ……！」

前も、後ろも。

漏れそうになるのを必死でこらえても、先端からはとろとろと潤也自身の蜜が、後ろからは玩具を挿入するときに流し込まれたジェルが、ぽたぽたと便器の中に滴り落ちる。

苦しくて苦しくて。

諦めたら楽になれる、失うものなどない、出してしまえと思う気持ちが膨らんでいく。

限界まで張りつめた潤也の屹立を、ユーリが指で弾いた。

「あああっ！」

たったそれだけで、先端から白い飛沫が溢れ出た。浅ましく左右に揺れ白濁を飛び散らす自分の分身を見て、心の決壊から泥水のような諦観が零れていく。

どうせユーリは許してくれない――。

目を閉じて、後孔の力を抜きかけたときだった。

「はーい、そこまで。排泄強要とは若いのになかなかマニアックだねえ、ユーリ」

のんきな声に、ユーリと潤也が一斉に顔を上げる。ドアを塞ぐように、ニヤニヤと笑うカイ・ヤンが立っていた。ユーリは手の中で素早く玩具のパワーをオフにする。

振動が止まり、我に返った潤也は己の姿にハッとして脚を閉じた。慌ててシャツの裾《すそ》を引っ張って恥部を隠す。だがいまのシーンを見られていたと思うと、頬が火照ってうつむいてしまう。

ユーリはなにごともなかったように涼しげな顔で立ち上がり、

「誤解ですよ、カイ・ヤン先生。潤也がお腹《なか》が痛いというので介抱していただけです」

にっこりほほ笑んだ。カイ・ヤンも目を細めてにんまりと笑い返す。

「だよねえ。きみのクラスから連絡もらったからさぁ、迎えに来ちゃった」

「そうですか、ありがとうございます。では潤也をお願いします。ぼくは教室に戻りますので」

学年一の秀才は悪びれもせず、優雅に会釈してカイ・ヤンの横を通り過ぎようとした。が、ユーリの足がぴたりと止まる。カイ・ヤンの背後に視線を留めて尋ねた。

「カイ・ヤン先生、こちらはどなたですか」

え?

まさかカイ・ヤン以外にも自分たちを見ていた人間がいるのだろうか。

カイ・ヤンが飄々《ひょうひょう》とした態度で、潤也にも背後の人物が見えるように横に動いた。潤也の心臓がどくんと大きく鳴る。

月の化身のような美貌の男が立っていた。

バースィル王子——!

漆黒の髪に褐色の肌、彫りの深い顔立ちの中で狼《おおかみ》のようにきらめく琥珀色の瞳。

だが口もとは笑っているのにその目は冷たい光を帯びている。潤也と同じ制服を着ていても、研ぎ澄まされた剣のようなオーラを放つ圧倒的な存在感に威圧された。

カイ・ヤンがおどけた調子で両手をひらひらとさせて紹介する。

「転校生のバースィルくんでーす」

「なかなか面白い見世物だった」

くっと笑って見下ろされ、あらためて自分が脚を露出していることに気づいた。潤也は真っ赤になって、慌てて落ちていたズボンで下半身を隠す。

「バースィル……？」

ユーリがなにか考えるように呟く。すぐにハッとしてバースィルを見直し、優等生の仮面で笑顔を向けた。フレンドリーな表情は、いままで淫猥な遊戯に耽《ふけ》っていたことなど微塵《みじん》も感じさせない。

「ようこそバースィル。ぼくは十一年生のユーリ。バッジが青ということは十二年生なんだね。素敵な先輩ができて嬉しいよ、よろしく」

ユーリが差し出した手を無視してバースィルは潤也に視線を落とした。冷たい、犬でも見るような目で。内から滲む蔑《さげす》みに、反射的に体が強張《こわば》った。

おもむろに潤也に近づいたバースィルは、潤也の顎に手をかけて上を向かせた。金に近い琥珀色の瞳が自分を見つめている。間近で見ると一層迫力を増す美貌に息を呑んだ。

「潤也といったか。なるほど悪くない。いいだろう、おまえを俺の専属にしてやる。光栄に思え」

「専属……？」

言われた意味がわからず尋ね返すと、ユーリが鋭い声を上げた。

「潤也はぼくのものだ！」

バースィルが愉快そうに口の端を吊り上げる。

「特定の相手がいるとは聞いていないがな」

「そうだ。潤也は誰とでも自由に恋愛を楽しんでいる。それが潤也だからね。でも特にぼくとは仲がいい。きみに独占はさせないよ、バースィル」

「恋人でもないくせに口出しをするのか」

「それを言うならきみだって同じだろう？」

両者の視線がぶつかった。

「ならば俺の恋人と宣言すれば問題ないわけだな。いいだろう、在学中は潤也を俺の恋人として遇しよう」

驚いてバースィルを見た。

今日が初対面なのに、なぜそんなことを言われるのかわからない。

これにはユーリも瞠目《どうもく》した。不思議そうに首を傾《かし》げ、

「なぜそう独占したがるんだ？　いいじゃないか、潤也はきみとも喜んで恋愛を楽しむよ。みんなで潤也と恋をすればいい」

ユーリの言いように胸がきゅっと痛んだ。

きれいな言い方をしていても、潤也を犯す仲間に入れてやるということだ。どんな扱いを受けても口答えできる立場ではないけれど、やはり口に出されると悔しい。

だがユーリの言葉より、つぎのバースィルの言葉の方が潤也の心を抉《えぐ》った。

「これが無垢《むく》でないことは許してやろう。だが他人と分け合うなど汚くてできるものか。俺はおまえたちと自分の持ち物を共有しない」

持ち物――。

膝に抱えたズボンを、関節が白くなるほどギュッと握りしめた。心臓が痛い。

「バースィル。きみは来たばかりでわからないだろうけど、ここにはここのルールがある。学園のルールには従ってもらおう。特待生はみんなで使うものだ」

完全に道具としてやり取りされていることが苦しくてたまらなかった。

肉奴隷の自覚はあるが、こんなにも人間としての存在を軽んじられると泣きたくなる。自分にだって心はあるのだ。

傍観していたカイ・ヤンが「まあまあ」と言いながら二人の間に割り込む。

「ルールねえ……、じゃあ決闘でもする？」

「決闘？」

「ほう」

三人が宙で視線を絡ませる。

カイ・ヤンはにこっと笑った。

「この学園には、恋敵と決闘して恋人を奪い合うっていう伝統があってねえ。お互い譲らないんだったら決闘しちゃえば？　堂々と潤也を自分のものにするといいよ」

男同士とはいえ、閉塞した空間では恋人をつくる生徒も多い。みんながみんな、特待生だけを性の対象としているわけではないのだ。そして誰かを取り合って話し合いでは済まなくなった場合、決闘で勝敗をつけるのだと聞いたことがある。上流階級らしい発想だと思う。ただ――。

「それは一般の生徒の場合です、カイ・ヤン先生。特待生をめぐって決闘なんて聞いたことがありません」

ユーリの言う通りだ。過去に特待生のために決闘をしたなどという例はない。特待生は誰でも好きに抱いていい共有財産なのだから。

「怖気《おじけ》づいちゃったかな、ユーリ？　きみが勝ったらこれまで通り潤也を好きにできるんだよ」

「先生までそんなことを……。だいたい決闘をする理由がありません。いまだって潤也はほくたちと恋愛を楽しんでる。彼が仲間に加わりたいならそれでいいじゃないですか」

決闘のルールはどちらかが血を見るまで。ほんの小さな傷でも、とにかく血が出た方が負けだ。けれど特待生のために血を流すなんて、誰も考えたことがないだろう。そんな価値は、きっと彼らの中にはない。

「俺は構わないぞ。おまえが勝負を受けないというなら、俺の不戦勝だな」

キッと、ユーリがバースィルを睨《にら》む。

「あまり調子に乗らない方がいいよ。ぼくはこう見えても剣には少し自信があるからね」

ユーリはその端整な細身の外見に似合わず、フェンシングでは学校一の腕前を誇る。国の有名な大会に出たことがあるとも聞いた。

「じゃあ成立だね、二人とも。楽しくなってきたなぁ」

自分で焚《た》きつけておいて浮かれるカイ・ヤンを挟んで、バースィルとユーリが睨み合う。

バースィルはずっと口もとに笑みを浮かべているが、その目は狼のように鋭い。

とても不安だ。もし自分が特待生ではなかったら、どちらかを選んで危険なことはしないでもらうだろうに。争いは嫌いだ。しかしそこに潤也の意思は関係ない。

ユーリはきっと勝つだろう。バースィルが大きな怪我《けが》をしなければいいけれど……。

「決闘だって！」

「ほんと⁉　誰と誰？」

「ユーリだってさ。相手はなんと王子様だぜ！　しかも取り合うのは特待生だって」

「本気かよ、酔狂なやつらだなぁ」

ユーリとバースィルの決闘の話はまたたく間に生徒の間に広がった。

決闘は翌日。決闘場所である運動場には学園内のほぼすべての生徒が集まった。刺激的な娯楽に飢えた少年たちは、すでにイベントとして決闘を楽しんでいる。

「どっちが勝つか賭《か》けようぜ。俺ユーリな」

「俺も」

「ぼくも」

「おい、みんなユーリじゃ賭けにならないだろ！」

ドッと笑い声が上がる。ほとんどの生徒はユーリが勝つと信じて疑わないようだ。ユーリの腕は学園中が知るところである。

バースィルが心配でたまらない。決闘のスタイルはフェンシングのエペが基本だが、バースィルがルールをよく知らないというので、公式ルール無視のフリースタイルで勝負することになった。打ち合ってとにかく相手に血を流させれば勝ちだ。ルールは無用、ケンカと変わらない。立会人はカイ・ヤンである。

潤也はビロード張りの椅子に座らされ、勝者が迎えに来るのを待っている。

周囲が静まり返る中、しきたりに従いユーリが片膝をついて潤也の手を取り、勝利を誓う。

「必ず勝利を我がものとし、貴方《あなた》を迎えにくると約束する」

捧《ささ》げ持った潤也の手の甲を自分の額に軽く当てる。形式ばった仕草に緊張が高まった。

続いてバースィルである。だが一向に膝をつく気配はない。尊大に顎を反らし、笑いながら横を向いた。

「いくら真似《まね》ごととはいえ、俺が跪《ひざまず》くことなどない。俺が跪くのは主君たる父、兄、そして花嫁になる女性だけだ」

ざわ、と周囲が揺れた。宣言を無視することは潤也に対してだけではなく、決闘相手であるユーリへの侮辱でもある。他人を侮辱しても自分の尊厳を保つ。王族とはそういうものなのだろうか。

膝をついたままユーリが鋭く殺気を放つ。バースィルは視線を戻し、潤也の目を見下ろした。

その目が――

「だがおまえは俺の物だ。必ず迎えに来ると誓おう」

潤也を貫いた。

彼に支配されると考えただけで、快感に似た興奮が背筋を駆け上がる。琥珀の瞳に捉えられ、視線で縛り上げられたように体が動かない。

息をするのも憚《はばか》られる、これが王族の風格――。

カイ・ヤンがやれやれと肩を竦め、決闘場にしたサークルの中に二人を促した。

サークルの直径は八メートルほど。ここから外に出てしまっても負けになる。だがそれは臆病者の証《あかし》とされ、もっとも恥ずべき負け方である。

さっさとサークルへ向かっていくバースィルの後ろ姿を睨みながらユーリが立ち上がった。

「あいつ……、父の会社の取引国の王子だから、かすり傷で許してやろうと思ってたけど。少し痛い目に遭ってもらわなきゃいけないようだな」

「ユーリ……!」

「殺しはしないよ」

物騒な言葉を残してユーリが歩いていく。不安で潤也の胃がむかむかと疼《うず》いた。

二人はサークルの中で向かい合う。決闘とはいえ、致命傷を避けるために首から上への攻撃は禁止、胴体はプロテクターを着用している。狙えるのは四肢のみだ。

運動場中の敵意を持った視線がバースィルを取り囲む。バースィルの傲岸《ごうがん》さは周囲の生徒たちを敵に回してしまったらしい。

不吉な予感に胸が騒いだ。

「ねえ、どっちが勝つと思う？」

甘やかなトーンの声に話しかけられ、潤也は横を向いた。いつの間にか、同じ十一年生の特待生のキリルが椅子の背に肘《ひじ》を乗せて潤也の肩越しに覗き込んでいる。同学年ということで、キリルは潤也をいつも気にかけてくれる存在だ。

北欧出身のキリルが白い面を傾げると、銀色の髪がさらりと揺れた。明るいグレーの虹彩が無邪気に潤也を見つめている。

すらりと背が高く線が細く、透けるような色合いのキリルは美貌揃《ぞろ》いの特待生にあってひと際美しい。およそ奴隷扱いの特待生の中で彼だけは生徒たちも特別扱いしているようだ。むしろ喜んでつぎつぎに男を相手にしている彼は、男を惑わす淫らな妖精——そう呼ばれている。

どっちが勝つと思う、の問いにわからないと返事をすると、

「じゃあどっちに勝って欲しいの？」

と聞かれて困惑した。

どっちだろう？

どちらかに勝って欲しいという希望はない。ただ、どちらにも傷ついて欲しくないと思う。

「……キリルだったらどっちがいい？」

質問に質問で返すのは失礼だと思ったが、キリルは気にする様子もなく考えだした。

「おれだったら？　どっちかなぁ。王子絶倫そうだし、知らない男って興味あるし？　んー、でも王子が勝つと王子としかエッチできなくなっちゃうんだっけ。じゃ、やっぱユーリかな。一人じゃ満足できないもん」

なんという理由だろう。

潤也だったら少なくとも大勢相手にするよりは一人の方がマシかと考えるところだが、奔放なキリルはそうではないらしい。彼は特待生という立場を楽しんでいるように見える。

「キリルは……嫌じゃないの？　その……、いろんな男の人に……」

「別に？　おれエッチ好きだし。これがジイサンとかでっぷり太ったハゲ親父《おやじ》相手だったらどうかなって思うけど、ここ若い子しかいないからね。むしろ美味《おい》しいかな」

自分とは違いすぎてどう考えていいかわからない。潤也にとっては辛いばかりだが、そう悪く思わない人間もいるのだといささか衝撃だ。特待生がみな彼のように考えられたらいいのにと思う。もちろん自分も含めて。

「でも潤也が一人のものになっちゃったら寂しいなぁ」

キリルはくすくす笑って、その細く白い指で潤也の髪をすくう。そのまま指先で潤也の頬から首筋までを艶《なま》めかしく撫で下ろした。キリルの指が通ったところがぞくぞくと甘く痺れていく。彼の柔らかい指は官能を引き出すのに長《た》けている。

うすい唇が潤也の耳朶を軽くついばむ。いたずらなキリルのいつものスキンシップだ。

「ねえ。ユーリが勝ったらまたおれともしようね。初めてのときの潤也、すごく可愛かった。いっぱい泣いて、それなのに感じまくって。また挿れさせてあげる。おれの中、気持ちよかったでしょう?」

熱い舌が、潤也の耳孔をさっと掠《かす》めた。

初めて学園に到着した夜の狂乱が思い出される。潤也の歓迎会と称して怪しい薬を飲まされ、他の特待生たちに体中を舐め回されて何度も達した。そこここで絡み合う肉体を見ながら潤也もつぎつぎ男たちに犯された。

キリルは美しかった。自ら男に跨り、嬌声《きょうせい》を上げ、笑いながら精を浴びる。蝶《ちょう》のように男たちの間を舞い、最後は全身から精液を滴らせて潤也にも跨った。

——ふふ、可愛い。中に出していいんだよ、潤也もみんなと兄弟になろう?

あのときの強烈な快感は忘れられない。後ろを熱杭《ねっくい》に犯されながら、前を温かくぬかるんだ蜜壺《みつつぼ》に犯される。わけがわからなくなって、だらしなくよだれを垂らす潤也にキスをしたキリルに夢中で応《こた》えた。精液の味しかしないキス。それが興奮をかき立てた。

思い出すと舌を噛みたくなるほどの狂態だった。薬はあれ以来使われていない。あれは特待生を乱交の恐怖から解放し、自身の立場を受け入れさせるための儀式だったのだ。おかげで、というべきか。潤也もすぐに諦めることができた。

あれ以来キリルと体を交わしたことはない。互いに他の男に抱かれているシーンを見ることはあっても。

ワッと盛り上がる声が聞こえ、潤也はハッとサークルを見る。気づくともう決闘は始まっていた。

金属が交じり合う鈍い音が連続して聞こえ、直線的な動きで攻撃を仕掛けるユーリが、早くもラインぎりぎりまでバースウィルを追い詰めていた。生徒たちはユーリに向かって声援を送っている。

じりじりとバースウィルが後退していく。歓声が一層大きくなる。

あと少し！　あと少し！

だがサークルから出るだけの敗北では面白くない。誰もがバースウィルが血飛沫を飛ばすのを期待している。できるだけ派手に、勢いよく。

潤也の心臓がぎゅっと痛んだ。

「へえ……、すごい。うまい」

キリルが呟く。

「……ユーリがうまいのは知ってるよ」

「違う違う、バースウィルの方」

「え？」

潤也の目には、防戦一方のバースウィルは猫にいたぶられる鼠《ねずみ》のように見える。

「あれだけ攻められて、一手も逃さず剣で弾いてる。運動神経だけじゃない、目もかなりいいはずだよ。ユーリは手数が多いだけだ。焦ってる」

そうなのだろうか。フェンシングの試合すらほとんど見たことのない潤也には、剣捌《けんさば》きはちっともわからない。キリルはいつもの笑みを引っ込めて真剣に見つめている。

「攻めさせられてるっていうのかな。一瞬でも止まったらやられるから動いてるだけ。最初に構えたときのオーラが全然違ったもん。ユーリは呑まれてたから、先制攻撃を仕掛けようと思ったんだろうね。でも完全に遊ばれてる」

潤也をからかいつつ、しっかり構えから観察していたキリルに内心舌を巻いた。打ち合いを見てそんなことまで判断できるとは、キリルにも剣術の心得があるのだろうか。

そうこうしているうちに、ユーリの剣が大きな攻撃をするようになってきた。細かな突きに加え、左右から波のように打ちつける。

徐々に歓声が萎《しぼ》んでいく。周囲から困惑のどよめきが生まれ、ユーリの勝利を確信していた空気が乱れ始めた。

どれだけ攻めても、バースィルがラインを跨ぐことはない。誰の目にも実力の差が歴然とわかるようになってきた。もはやユーリは焦りが体中から漏れ出ているようである。ユーリの繰り出す剣をただ受け流しながら、優位に立っているのは明らかにバースィルの方だった。

ユーリの足もとがふらつき、上半身が大きく揺らいだ。

「あーあ、つまんない。勝負あったな、もう部屋に帰ろうっと。じゃあね潤也。王子様が飽きたらまたおれと遊ぼ」

ひらひらと手を振って去っていくキリルを目で追った一瞬のうちに、バースィルはユーリの剣をサークルの外へ弾き飛ばしていた。くるりと体を翻し、あっという間にユーリをライン際に追い込む。

剣を取りにサークルの外へ出ることは許されない。バースィルの一撃でユーリは戦闘不能になったのである。素手で戦うしかないユーリに、もう勝機はないだろう。

ごくん、と潤也は生唾《なまつば》を呑み込んだ。バースィルが剣の先をユーリの額にぴたりと当てる。いまなら潤也にも、いや、誰の目にもはっきりわかる。バースィルの全身から放たれる殺気がユーリを呑み込んでいるのを。ユーリは身じろぎもできない。あと一歩、サークルから出てしまえば負けになるのに、それすら許されない。

「跪け。俺に剣を向けたことは不問にしてやろう。だがその程度の腕で俺を退屈させた罪は重いぞ。……俺は慈悲深い。右目だけで許してやる」

「ひっ……！」

本気だ。

バースィルは本気で目を潰《つぶ》す気でいる。脅しではないとその冷たい瞳が物語っている。

止めなければ。

そう思うのに、金縛りにでも遭ったように体が動かない。声も、出ない。

背中を冷たい汗が伝っていく。

これは〝恐怖〟だ。そう、本能が理解する。

自分に向けられた殺気ではないのに身動きひとつ取れないなんて。対峙《たいじ》しているユーリにしてみれば、野生の虎《とら》に睨まれているようなものだろう。

「跪けと言っている」

剣の切っ先がユーリの右目、ほんの数センチの距離で揺れている。ユーリの服従を促すように。

バースィルのうすく笑った顔が悪魔のごとく美しい。

ユーリが恐怖に引きつり、悲鳴の形に開かれた唇からひゅうっと軽い音だけが漏れた。

剣を摑んだ手にぐっと力が籠《こ》もる——。

「首から上を狙うのは反則だよー、バースィル」

場にそぐわないのんきなカイ・ヤンが横から警告した。

バースィルはちらりとカイ・ヤンを見て、

「なるほど。そうだったな」

おもむろにユーリの肩を摑んで地面に引き倒す。

「どこの血でもいいんだな」

剣先でユーリの右目を狙ったまま、ユーリの眼前に片膝をつき自らズボンの前立てを開く。ユーリの髪を無造作に摑み、

「舐めろ。嚙むなよ」

頭を上げさせせると男根をユーリの口もとに押しつけた。

非日常的な光景だった。

大勢が見守る中で、呆然《ぼうぜん》と口を開いたユーリがバースィルの雄を呑み込む。真っ青な顔で、ひたすら舌を這《は》わす姿は悪夢のようだった。ぴちゃぴちゃと、ユーリの奉仕する音だけが決闘場に響く。

カイ・ヤンは腕を組んだまま見守っている。まだ血を流してもいなければサークルの外に出てもいない。決闘は終わっていないのだ。

育っていく雄の大きさ。

口には入りきらない巨大なそれを、それでもバースィルは強引にユーリの喉に突き込んだ。喉の奥を突かれたユーリがぐぅっとえずき、かはっと音を立てて口から吐き出すと共に、ひどくむせて地面に突っ伏した。

苦しがるユーリの背後に回ったバースィルは——。

咥えさせたときから予想はしていた。

けれど、ユーリが下穿《したば》きごとズボンを剝《む》かれ、後ろからバースィルに突き立てられたとき

は思わず目を逸《そ》らした。

「ぎぃ……っ！　い……あ…っ、うあああああー……っ！」

絶叫が決闘場に響き渡り、男に串刺しにされたユーリの体が逃げようと前のめりになる。

だがバースィルはユーリの腰を摑み、強引に自分に引き寄せた。地面を爪《つめ》で引っかきながら、ユーリが悲鳴を上げる。

いままで自分もさんざんされてきた行為とはいえ、こんなに乱暴に開かれたことはない。ここまで大勢の前で犯されたことも。ユーリの恐怖と痛みを思い、ぶるっと身を震わせた。

「いいいっ、ひい……！　いあぁぁぁ……っ！」

がつがつと穿《うが》たれ、ユーリの白い尻とバースィルの浅黒い下腹部が血で汚れた。

「終了～。やることえげつないねえ、バースィルくんは」

まるで焦った様子もなく、カイ・ヤンが二人を引き離す。

「まだ終わってないぞ」

「終わったよ。血が出た時点で決闘は終了。続きはきみの新しい恋人とでも楽しむんだね。まったくひどい手を使うもんだ、呆《あき》れるよ。でも、ま、目玉じゃなくてよかったかな。さすがに体の部品を奪われると校医として困るんでね」

バースィルはいまだ天を向く雄をつまらなそうにズボンに収めると、足もとで痙攣《けいれん》するユーリには一瞥もくれず真っ直ぐ潤也のもとへ歩いてくる。潤也の周囲の人間は波のように後退《しりぞ》していった。

「約束通り迎えに来た。勝者へのキスをもらおうか」

言うなり潤也を椅子から引き剝がし、床へ突き飛ばす。代わりにバースィルが椅子にかけ、優雅に組んだ脚のつま先を潤也に向けた。

靴にキスをしろと……？

それは恋人ではなく奴隷の扱いだ。投げ出され、膝をついた姿勢のまま、奥歯を嚙みしめた。自分は性奴だとわかっていても、こんなときはみじめさで胸が詰まる。

学園中の生徒たちが見守る中、潤也は震える唇をバースィルのつま先に押しつけた。

3

腕を掴まれ、大股で歩くバースィルに引きずられるように部屋に連れ込まれた。特待生の部屋よりもずっとグレードの高い、学園でもひと握りの生徒しか入寮できない特別室だ。

部屋に入るなり乱暴に制服を剝ぎ取られ、天蓋《てんがい》までついた豪奢《ごうしゃ》なベッドに物のようにドサッと投げ出される。天蓋には大きなかぎ針がついており、バースィルは潤也の両手首をまとめて紐《ひも》で縛ると、紐の先端をかぎ針に引っかけて潤也の体を強引に持ち上げた。手首が頭上に引かれ、膝立ちになるよう吊るされる。

怖い……。どうせ逃げられるわけではないけれど、動きを奪われればわずかに身を守ることもできないぶん格段に恐怖が増す。

さっき見た光景が頭にこびりついて離れない。バースィルの体軀にふさわしい巨大なペニス。ユーリの叫び声——。ひどく乱暴にされるのではとおそろしくてたまらない。

怯える潤也の体を、ことさらゆっくりとした手つきでバースィルが撫でていく。決闘の余韻のせいか潤也より体温が高く感じるその手は潤也の頰から首筋を撫で、手のひら全体で胸をまさぐってから、指先で潤也の乳首にそっと触れた。

「美しい体だ。学園中の玩具の割にはいい色をしている」

言った傍から、きゅっとそこを抓られる。

「あっ！」

桜の花びらのようだったそこは、わずかに赤みを強めて桃色に染まった。

じんじんと痺れを残す乳首はそのままに、手は脇腹を通り、尾てい骨から狭間《はざま》へ指を滑らせたかと思うと、まだ慎《つつ》ましく口を閉じた窄《すぼ》まりを中指で摩《さす》る。二か月にわたって快感を覚え込まされた潤也は、それだけで白い双丘を震わせて身悶《みもだ》えた。

「ん……、んん……」

「感度もいいようだ」

満足げに笑う。

バースィルは潤也の背後に回ると無遠慮に尻肉を割り開き、親指で両側に引っ張って穴を観察した。くぱっと口を開けた蕾に空気が入って、ヒクヒク閉じ開きしているのがわかる。生徒たちにさんざん晒してきた場所でも、初めて見せる相手にはやはり恥ずかしい。

バースィルは飴玉《あめだま》のようなものを取り出すと、潤也の口に咥えさせた。硬いラムネ状の舌触りのそれは、舌の上でゆっくりと溶けていく。

「噛むなよ。舌で転がせ」

含まされたものはオリエンタルな甘い香水を思わせる香りでわずかに苦みを感じる。言われた通り舌の上で転がしていると、なんだか口中が熱くなってきた。

「もういい。出せ」

口を開けて差し出すとバースィルは濡れた粒を指で取り、潤也の後孔深くへぐっと押し込んだ。

「んん……っ」

唾液を含んですでに柔らかくなり始めていたそれが潤也の体熱で蕩けていくのがわかる。とろりと中で溶けると、内壁がぐずぐずと熱い蠕動《ぜんどう》を始めた。

「あ……、な…に……？　なんか、体が……、あつい…っ！」

口中に残る甘さと腰の内奥の甘さが体中を満たし、カッと体が火照った。はっはっと息が荒くなり、瞳が潤む。急に喉が渇いた気がしてだらりと舌を伸ばした。

この感覚は覚えがある。種類は違うようだが潤也の歓迎会でも飲まされた、これは媚薬《びやく》の類《たぐい》ではなかろうか。経口と粘膜の同時接種であのときよりもずっと強烈で効きが早い。

どくん！　と体の奥が脈打ち、「ひあっ！」と声を上げた。内腔そのものがうねうねと波打ち、体全体が指先まで燃えるように熱い。

触れもしないのに潤也の雄芯《ゆうしん》が頭を持ち上げる。精の通る道を何匹ものミミズが上ってくるような疼きが襲って悲鳴を上げた。

「やぁっ……！　なにっ？　なにこれ⁉　怖い！　取って……っ、取ってください！」

壊れた蛇口のように先走りがだらだらと零れ落ちる。疼きは次第に強まり、自身の体から無数の虫が這い出ているような感覚に卒倒しそうになった。

「原液ならまれにショックで死んでしまう者もいるが、これは適度に薄めたものだ。安心してよがり狂うがいい」

尿道にまとわりつく意識下の精虫を振り払いたくて無我夢中で腰をくねらせる。だが前後左右にぶらぶらと揺さぶられた雄芯は、そんな刺激だけでおそろしいほどの快感を生んだ。いつしか快感を得るためだけにガクガクと腰を振り立てていく。

バースィルの長い指が潤也の陰茎をピンと弾く。潤也はあっけなく精をまき散らした。

「あああああぁぁぁー……っ！」

おそろしいほどの快感だった。噴き出る自分の白濁が溶岩のように熱い。先端が焼けてしまうのではないかと思った。

だがそれだけではちっとも足りない。前はもとより、直接薬を呑み込まされた後ろが爛《ただ》れきって刺激を待ちわびている。肉筒でもぞもぞと大量の虫が蠢《うごめ》いているようだ。早く散らして欲しい。奥までかき分けて、中の虫を引きずり出して！

「い、いれ…、いれて……っ！　なか……、虫、かき出してください……っ！」

泣きながらの懇願は、無慈悲に這わされる手によって焦らされた。発熱したように染まる体をゆっくり撫でられ、しかし敏感な部分には触れてもらえぬまま。肉筒がどくんどくんと脈打って痛い。

「はやくっ！　おねがい、はやくっ……！」

バースィルが涙で濡れた潤也の顎を上げさせ、正面から目を合わせてくる。美しい顔には残酷な冷笑が浮かんでいた。

「欲しいか？」

「ほ……、ほしいっ、ほしいっ！」

「なら……」

立ち上がったバースィルが己のズボンを寛《くつろ》げる。ずるりとユーリの血で汚れた男根が取り出された。

「おまえのために汚した体だ。おまえが清めろ」

口もとにあてがわれる。狂ったような興奮の中で、一瞬だけ意識が冷めた。

血を、舌で拭《ぬぐ》えと……？

半渇きの血がこびりつき、生臭さが鼻を打つ。異常な要求に、感じたのは恐怖だったか。だが迷ったのはほんの数秒だった。すぐに意識は溶け崩れ、この大きくて硬いもので後ろを穿ってもらうことしか考えられなくなった。

夢中でバースィルの肉茎にむしゃぶりついた。口中に鉄臭い味が広がる。気持ちが悪い。でもその気持ち悪さに興奮する。人としておかしいことをしているのだ、と思ったら脳が沸騰した。

媚薬を含まされた口中も熱い。血の味はすぐに甘美な毒へと変わり潤也を淫猥な獣へと変えていく。

じゅるっと音を立てて奥まで吸い込み、ぐちゅくちゅと唾液を絡めては飲み込んだ。種袋もえらの周囲の窪《くぼ》みも丹念に舐め回し、余さず啜ろうとのめり込んだ。潤也の股間《こかん》はどくんどくんと脈打ち、かつてないほど反り返っている。

「……っふ、…はふ……」

血と汗と男の味——奇妙な興奮に囚《とら》われ、血で固まったバースィルの濃い茂みの一本一本まで恍惚《こうこつ》として舐めしゃぶった。バースィルの侮蔑の笑いがより一層潤也を燃え立たせる。バースィルが一切の気遣いなく潤也の喉奥めがけて猛りを打ちつける。

「んぅっ！」

そこを突かれれば息が詰まり、死にそうなほどの快感が湧《わ》き上がった。

口全体で感じる剛直に、男の味を知っている淫穴が狂いそうに灼けつく。乱暴に叩き込んで欲しくて腰がくねった。体の奥から愛液が垂れ流れ、たらたらと内腿を伝う。

ふいに喉奥を嬲っていた熱が動きを止める。一瞬の間の後に熱い飛沫が口内を満たした。

「くぅ……、ふ……っ！」

繋がれて引っ張られた手首が痛い。それがなぜか痛くてじんじんして気持ちがいい。口の中が気持ち悪い。それなのにまずくて吐きそうなのがすごく美味しい。どうして？

もう我慢できない！　奥を擦り上げて欲しい、硬く大きなもので——！

「も、いれてぇ……っ、おっきいのっ、こすって……！　おくの、おくのほうっ……！」

白濁混じりのよだれを口の端から垂れ流しながら、雄越しにバースィルを見上げて懇願する。バースィルはひどく歪《ゆが》んだ笑みで潤也を見下ろしていた。

「それがものを頼む態度か？　いやらしい穴を犯してください、だ」

「あ……、い、いやらしい、からだです……っ、犯して……、ください……っ！」

なにも考えられない。早く犯してもらわないと本当におかしくなってしまう。

「言われたことだけを繰り返すな。誰に、どこを、どんなふうにして欲しい？」

我慢ができない。猿のように腰を振り立て、鈴口から溢れた愛液で花茎をどろどろにしながらバースィルに媚びた。

「お、王子に……！　おうじ、の、ペニスでっ、ぼくの……、いやらしいあなっ、ぐちゃぐちゃにしてっ……！」

薬でおかしくなった頭にはまともな判断力がない。ただただ熱を散らしてもらうことしか考えられなかった。

「いいだろう。そろそろ薬も吸収された頃だ」

バースィルはかぎ針にかけた紐を外すと、そのまま潤也を後ろ手に縛り上げてベッドにうつぶせに転がした。なんの遠慮もなく潤也の媚肉に楔《くさび》を突き立てる。

「あああああ……っ！」

待ち望んでいた刺激に狭道は震え、挿れられただけで白濁を飛び散らせた。だが休む間もなく抽挿《ちゅうそう》される。

「ひぁっ……、ああん！　あ、あ、ああ……、やぁっ、なか……やぶれちゃ……！」

痛い。なのに熱くてどろどろで気持ちいい。

猛ったバースィルの雄は、いままで知った誰よりも硬く大きかった。後ろ手に手首を縛められたままうつぶせにした体を背後から穿たれ、腸壁が破られそうな衝撃に悲鳴を上げ続けた。

「あぅ、あーっ！　なか、ごりごりって……、だめ、だめぇ……っ！」

背後から突き込まれた巨大なものの先端は、硬く反り返って腰の後ろ側の腸壁を激しく擦り上げる。自然に中のペニスの形に沿ってしまおうと潤也の腰が大きくしなった。自ら突き出すようなポーズになってしまった尻をバースィルがぐっと鷲摑《わしづか》みにする。

「いい声だ」

うすら笑うバースィルの声が背中に落ちる。

おそらくわざと乱暴に打ちつけている。そうされて感じる潤也を嘲笑《あざわら》っているのだ。

「もっと鳴け」

ぱん、と尻を叩くと同時にさらに激しく突き上げられる。

「ひぃっ、ぃ——！　いっ、あっ！　ぁー……っ！」

ぎちぎちの内壁を強引に前後しては肉を打ちつける。冠のように張り出した鎌首を蕾から外れるぎりぎりまで引き、情け容赦なく最奥に叩き込まれた。長すぎるストロークに、摩擦された淫洞が火で炙《あぶ》られるように熱く燃え上がる。

「……つめぇぇ！　やぁっ、くっ、ひぃ……ぃぃぃっ——！」

ぶるぶると全身を震わせながらまた吐精した。それなのにまだ潤也の花茎は勃《た》ち上がり、さらなる放埓を求めている。

「いくら媚薬を使っているとはいえ出しすぎだ。あさましい体だな、さすがは特待生だ」

嘲笑《ちょうしょう》すら肌を粟立《あわだ》たせる。

「ひぃっ！」

「この恥知らずが」

乳首を抓られ、刺すような刺激が脳天まで突き抜けた。びくびくと体を痙攣させる潤也の目の前に、赤と金の美しい組み紐が垂らされる。

「これ以上いやらしい汁でベッドを汚されては敵《かな》わん。少し我慢を覚えろ」

腿を摑まれ、強引に片脚を持ち上げ広げられる。足はバースィルの肩にかつがれて固定された。

「あっ！　ああ……、く、ぅ……っ！　いた、痛い！」

下半身だけ横向きにねじられた体勢そのものが辛くて涙が零れた。上半身は縛られた腕が邪魔をしてうまく横になれない。下になった肩から肘までに体重がかかり、腕の骨が軋《きし》んだ。しかしその痛みまでもが快感を助長していく。

挿入されたままの孔もそそり立つ陰茎も丸見えの大きく開かれた股が恥ずかしいのに、その卑猥さに背中がぞくぞくした。

組み紐が潤也の屹立の根元に巻きつけられる。

「ぎあっ！　や……、だぁっ！」

硬く締め上げられ、淫らな痛みに嬌声を上げた。痛みから逃れようと身を捩《よじ》り、さらに自分で食い込ませてしまう。

「は、ひ……、これ、や、やだ……」

苦しげな陰茎がたちまち充血し、腫れて変色していく。バースィルが先端に指を這わすとむき出しの神経を触られたように視界がスパークする。

「ひぃっ、あぅ……！　くぅっ、うぅぅん、……め、だめぇ……っ！　いたいっ！」

「きついな……。まるで処女のようだ。やたらに絡みついてくる。これはいい」

バースィルは味わうようにゆったりと腰を回している。そのもどかしさがより潤也を追い立てた。腫れ上がったのではないかと思うほど敏感になった肉筒には、甘すぎる動きだ。どうしようもなく気持ちいい。頭の芯がぐずぐずに蕩けた。

「細い腰だ」

バースィルの手のひらが潤也の腿から側面を辿《たど》って脇腹を撫で上げる。体温が高い。敏感になった皮膚は触れられるだけでびりびりと電流が流れるようだ。

「やっぁぁぁん、やぁ、あついっ、さわらな……でぇ…っ！」

熱い手は縛られて痺れた潤也の指をゆっくり撫でると、再び下方へ戻ってきた。一番細いウエストをぐっと掴み、さらに尻肉を揉《も》みしだく。そうされるとにちにち動く蕾で、咥え込んだバースィルの硬さをより実感してしまう。

「具合もいい。こんなところに閉じ込められてうんざりしていたが、少しは気を紛らすことができそうだ」

閉じ込められる……？

ふいにグッと最奥まで雄を押し込まれた。

「いっ……！　痛い！　あっ、やあっ、くるし……！　ああっ、いいっ――……！」

一瞬疑問に思った言葉は、より無情な突き上げによって吹っ飛んでしまった。狭い粘膜を灼けた鉄で往復されるような痛みと快感に気が遠くなる。

快感は痛みを中和してくれず、痛みは快感を凌駕《りょうが》しない。どちらも同じ強さで潤也の体を駆け上がる。痛い。痛いのに気持ちいい。痛いから、気持ちいい――！

「もっとっ、もっと突いてっ……！」

潤也の快感は一切考慮されない打ちつけだった。バースィルは自分の欲望を処理するためだけに縛り上げ、穿つ。人形のように乱暴に揺さぶられるだけの潤也は、いまやただの肉の塊だった。セックスというより暴力だ。そんな扱いに、より一層感じてしまっている。

「はっ、ひぃッ！　く、あ、んんんああああ……！」

ギシギシと腕の骨が鳴る。ねじ切られそうなウエストも、犯される後孔も、すべてが痛みと快感の洪水で悶え狂った。だが容赦ない突き上げはなおも潤也を責め立てる。何度も絶頂を極めていてもおかしくないような快感に細長い悲鳴を上げ続けた。

「ああっ、ああっ、あ……っ、うぁ、ぁぁぁ……ッ！」

白濁と透明が混じった潤也の裏筋をバースィルの指がツッと撫で上げる。

「ひゃぁんっ！　やぁっ、それ、そこ……、だめえ……ッ！　あ、……あああん！　あっ！あーっ！」

潤也の雄芯を指の中で転がすようにねじり上げ、敏感な鈴口を親指でくじられる。頭まで割れそうな快感が走り抜けた。

「やめてっ、それやめ……！　それ、あたまっ、おかしくなるぅ……っ！」

思いきりバースィルを締めつけた潤也の肉筒の中で勢いよく精が迸《ほとばし》った。

「ひっ、ぃんっ！　あつい……っ！　だ、ださせて……っ！」

根元を縛られたままなのに、バースィルの手の動きは射精を促すそれだ。苦しくてたまらない。マグマのような灼熱の波が出口を求めて暴れ回っている。苦痛と快感の混じり合った甘い地獄だった。硬さを失わないバースィルの雄は、達しても抜かないままさらに潤也を抉り続ける。

「おねがい……、おねがい、もう……っ、いかせてぇ……！」

だがバースィルはそれを許さず、ひたすら太いもので潤也を苛《さいな》み続けた。悲鳴を上げすぎた潤也の喉が嗄《か》れ、はち切れんばかりに痛々しくそそり立った肉棒が血の色に変わるまで。

「ちゃんと覚えたか、おまえの主人の形を。二度と他の男に汚されるなよ」

これはいままで他の男たちに体を許してきた罰だというのか。理不尽すぎる。自分に抵抗する術《すべ》はなく、バースィルは最初からこの学園にいたわけではないのに。

しかしそんな理屈がこの男に通じるわけはないことは、もう潤也にもわかっていた。彼はその心の中まで王族なのだ。

沸騰する意識の中で、コクコク頷《うなず》く。すると汗で濡れた潤也の頭をバースィルの大きな手のひらが撫でた。こんなときなのに、優しくされた気がしてその手を嬉しいと感じてしまった自分はどうかしている。

「いい子だ。そうやって従順にしていれば可愛がってやろう。さあ、思う存分いけ」

「…………――っ、ああっ！」

潤也の愛液でべたべたに濡れそぼった組み紐を外された途端、体の奥底から白いうねりが奔流となって潤也の腰を突き破った。

「ひぃぃぃぃぃーーー――……っ！　ああっ、あっ、とまらな……っ！」

シャワーのような白濁がシーツを濡らす。一度達しただけでは止まらず、バースィルの抽挿に合わせてぶぴゅっぶぴゅっと音を立てて先端から精が飛び出た。大波のように射精感が押し寄せる。

「ふあ、ああ……っ、すご……、あっぁ……、こわれるっ……！」

腰が蕩けるような快感に、泣きながら何度も何度も射精した。そのたび頭の中が真っ白になる。バースィルも体を繋げたまま潤也の中に精を吐く。熱い迸りを受け止め、また潤也も昂《たかぶ》る。狂ったように繋がり続けた。

頭の中は快楽を追うことでいっぱいだ。バースィルが嘲《あざけ》る笑みを浮かべていることも気にならない。先端から白い蜜をとろとろ零しながら、もっともっとと泣いて縋《すが》った。

気持ちいい、気持ちいい、気持ちいい――！

思考が滲んでいく。だんだん感覚が麻痺《まひ》して、もう喘ぎも出なくなった頃、ようやく蹂躙《じゅうりん》は終わりを告げた。

気を失っていたらしい。

ふと意識が戻った瞬間、穴から零れた熱い精液が尻の丸みを通ってシーツへ滴るのを感じた。

終わったんだ。起きなきゃ。拭かなきゃ。シーツを汚してしまう。

思うばかりで体はピクリとも動かない。ぼんやりと霞む視界に浅黒い肌が見えることで、自分が半分目を開けているのはなんとなく理解した。だが思考に霧がかかったようにまとまらない。

「おい。起きてるんだろう」

ひたひたと頬を指の背で叩かれた。満足したから出ていけ、そう言われているのがわかった。

——はい。起きてます。

頭では返事をするのに、それが音になることはなかった。薬のせいで大きすぎる快感に翻《ほん》弄《ろう》された体は、鉛のように重い。

バースィルが手をついて潤也を覗き込んでいるのがわかる。そっと、バースィルの指が潤也の目もとを拭った。その温かさに、なぜか涙が零れた。

なんの涙なのか自分でもわからない。蹂躙が終わったことへの安堵からなのか。

いつの間にか拘束は解かれており、自由になった腕が痛みを取り戻し始めた。

「い……た、い……」

声が掠れる。しゃべると同時に激しく咳《せ》き込《こ》んだ。体中を痛みが襲う。頭の芯もやけに鈍く痛む。

チッと舌打ちが聞こえて身が竦んだ。

バースィルは強張った潤也の肩をひと撫でだけすると、衣服を身につけ部屋を出ていった。

呆れて他の遊びを探しに行ったのだろうか。いまのうちに服を着て自分の部屋に戻らなければ。彼が帰ってきたときにまだ潤也がいたら気分を害するだろう。

痛む体を叱咤《しった》するようにずるずるとベッドから這い下りる。腰も頭もひどく痛んだが、なによりずっと下側になって押しつけられていた肩がずきずきした。

痛い。痛い。痛い。体も心も痛い。

なんであんなに感じてしまったんだろう。精液のみならず血まで啜らされ、それを嬉々《きき》として受け入れた。いくら薬を使われたとはいえ、あれが自分の本性のような気がして怖い。

自分はとっくに淫獣に作り変えられていたのだろうか。元の体に戻れるのだろうか。

もたもたとシャツに腕を通す。肩が痛んでうまく動かない。焦りから、泣きたいような気持ちで無理に袖《そで》に手を突っ込んだ。激痛が走り、思わずその場にしゃがみ込んでしまう。

かちゃ、と扉が開き、

「あーれれ、なにやってんの潤也？」

「カイ・ヤン先生……」

カイ・ヤンの背後にはバースィルの姿も見える。まさか潤也のために校医を呼びに行ってくれた……？

「ほらほら、ベッドに戻った戻った。診《み》てあげるから横になって。あ、その前にシーツ取り替えなきゃね」

カイ・ヤンは手慣れた様子でシーツを交換した。優しい手つきで潤也が着かけたシャツを脱がし、腰を支えてベッドに身を横たえる。だがバースィルが不快に思わないかとそればかりが気になって落ち着かない。

カイ・ヤンはひと通り潤也の体を検分すると、じろりとバースィルを睨んだ。

「こーら、王子様。決闘で興奮しちゃった？　潤也は人形じゃないよ。最初からこんな扱いするんじゃ先が思いやられるね」

「俺は正式にこいつを手に入れた。どう使おうが俺の自由だろう」

「そう。でも覚えておきな。きみは潤也を恋人として手に入れたんだよ。恋人として遇するというから決闘の許可もした。きみは恋人に乱暴をするのかい？」

バースィルが冷たくカイ・ヤンを見返す。彼にしてみれば奴隷の潤也を恋人と呼ばれることが気に入らないのだろう。

「潤也は肩の筋を痛めてる。腸も傷ついてるね。脚も乱暴に摑んだだろう？　ひどい痣になってるよ。手首も擦り傷だらけだし、これじゃ潤也の体がもたない」

「こいつだって悦んでいた」

「薬のせいだろう？　なに、バースィルちゃんはお薬使わなきゃ自信ないの？」

バースィルの鋭い目がカイ・ヤンを射抜く。だがカイ・ヤンに動じる気配はない。

「潤也は逃げたりしないよ。ここはきみの国じゃないんだ、こんなふうに乱暴にマーキングして主人をおそれさせる必要はない」

「俺には俺のやり方がある。だがおまえの言葉は留意しよう」

低い声で了承したのは、カイ・ヤンの言うことに納得する部分があったからだろう。カイ・ヤンは軽く肩を竦めた。

「おまえ、ね。校医とはいえ一応先生って呼んで欲しいんだけど。ま、いいか。じゃ今日はもう休ませてあげて。肩はしばらくかかるから無理な体位は控えるように。あと薬の類は常習性のないものでも使いすぎると神経やられるからほどほどにね」

痛み止めと化膿止めの錠剤を飲まされ、肩を包帯で固定されて体の奥は軟膏《なんこう》を塗られた。

「手当が済んだなら部屋へ戻れ」

冷たく潤也に言い放つバースィルに、カイ・ヤンはにやっと笑った。

「潤也、自分の部屋に帰ったら他の生徒に犯《や》られるよ。それでもいいなら帰したら？」

バースィルは不機嫌に眉《まゆ》を顰《ひそ》める。

「なぜだ。こいつはもう俺のものだろう」

「なぜって言われてもねえ。そういう決まりだから？　特待生は自分の部屋にいる以上、誰でも〝恋愛〟していいルールなんだよ。それはきみのものになったとしても変わらない。見てないところでなにされてもわかんないし、気性の激しい子たちもいるからねえ」

バースィルは憮然《ぶぜん》としてカイ・ヤンを見ている。

「他の人間と共有するなど汚くてできるものか。そのためにわざわざ手間をかけたのに」

「だから、きみの権利は潤也を優先的に自分の部屋に引っ張り込めるってことだけ。誰にも触らせたくないならきみのベッドに寝泊まりさせるといいよ」

「この俺に他人と同じベッドで寝ろというのか」

「だーかーら、他人じゃなくてコイビト。いい加減覚えようね」

バイバイ、と手を振って出ていくカイ・ヤンを、潤也は心細い思いで見送った。こんな、機嫌の悪い虎のような男と一緒に部屋に取り残されるなんて。

体を横たえたまま、潤也はそっとバースィルの気配を窺《うかが》った。

生徒たちに輪姦《りんかん》されるのは辛い。けれどバースィルは怖い。犯されるだけでなく、不興を買えば殺されても不思議はないような空気を纏っている。

彼の国では王族への反逆は死に値するのだろうと、今日の決闘を見て思った。ユーリは自国民ではないうえに良家の子息だから加減しただけかもしれない。なんの後ろ盾もない自分では、バースィルの気分一つで簡単に消されてしまう気がする。そうなっても兄の京也は気にも留めないどころか、むしろ犯されてのたれ死んだ潤也を嘲笑うことだろう。

「おい」

話しかけられて、潤也はびくんと震えた。おそるおそる顔を向けると、相変わらず不機嫌そうなバースィルと目が合う。

「痛むか？」

厳しい顔つきをしたまま、それでも言葉は存外優しかった。

「いまは……、平気です。あの、ぼく、出ていきますから……」

動けるなら出ていけと言われると思い、先に自分から言いだした。

「話を聞いていなかったのか。おまえは今日からここで寝ろ。本来なら床に寝てもらうところだが特別に共寝を許してやる。ただし服は着るな」

バースィルはふんと顔を反らし、バスルームへと入っていった。

どうしよう……。

怖いけれど、逃げることは許されない。決闘場で見たユーリの姿が脳裏に浮かんだ。バースィルの機嫌を損ねたらと思うとおそろしかった。

ただ震えながらじっとベッドで体を丸めていると、やがてバスルームの扉が開く音がし、タオルで髪を拭いながらバースィルが戻ってきた。なにも身につけていない。

怯えているはずなのに、その完璧《かんぺき》な肉体に思わず目を奪われた。惚《ほ》れ惚《ぼ》れするような陰影を描く胸板と腹筋、長い手足はバネのようにすらりと伸びて優美な獣のようだ。局部すら隠さぬ姿は滑稽《こっけい》なはずなのに、彼の美しい体に見苦しい部分など一つもない。堂々とした体軀はとても十代のものとは思えなかった。

バースィルはゆったりとした足取りで近づいてくるとベッドに腰をかけた。

間近で見て初めて気づいた。バースィルの体には細かな切り傷が無数にある。なんの痕《あと》だろう。

「なんだ、まだ眠っていなかったのか」

「……はい、すみません」

なぜ謝っているのだろうと自分でも思うが、傷を見ていたらつい口から出た。

「欲しいものはあるか」

意外な問いだった。潤也を気にかけてくれるとは。

夕食は食べそびれてしまったが空腹は感じていない。だが実はさきほどからひどく喉が渇いている。部屋に備えつけの冷蔵庫があるが、自分のものではないから勝手に飲むわけにはいかないと我慢していたのだ。

「水……を、いただけますか?」

控えめに言うと、バースィルは一瞬目を目張り、噴き出すように笑った。

なぜ笑われるのかわからない。困惑して、バースィルに問いかけるまなざしを送った。

「水か。俺は宝石の類のことを聞いたつもりだったがな」

カッと頬が熱くなった。まさか贈り物のリクエストを聞かれているとは思わなかったのだ。気に入った特待生には特別手当を贈るもの、そうカイ・ヤンからでも聞いたのだろう。

バースィルはくっくっと笑いながら潤也の顎に指をかける。

「思ったより純粋なようだ。気に入った。おまえには金の鎖を用意してやろう。夜はベッドに繋いでやる。俺のために毎晩いい声で啼くがいい」

彼の中で潤也は奴隷からペット程度に昇格したらしい。屈辱であるはずが、バースィルの機嫌がよくなったことで安堵している自分が情けない。

バースィルから手渡されたミネラルウォーターを、礼を言って口に含む。冷たい水が喉を潤し、体の中心を落ちていく感触が心地いい。

ひと口飲むとあとはもう止められなかった。ごくごくと喉を鳴らして一気に飲み干す。急いだせいで溢れた水が口端を伝うのも気にならない。干からびていた細胞が水分を吸って、みずみずしく蘇るようだった。

ペットボトルを口から放し、はぁと息をついた潤也を見て、バースィルが満足げに目を細める。

「なかなかの色香だ。おまえにして正解だったな」

「なんで……、ぼくなんですか?」

初めから疑問だった。会話から、バースィルが他人と性奴を共有するのは汚いから嫌なのだということはわかった。だがどうして自分なのか。他にも美しい特待生はいる。例えばキリルのような。

「おまえが一番新しい特待生だからだ。汚れはできるだけ少ない方がいい。それに日本人は清潔で体臭もうすい。勤勉だとも聞く。その勤勉さでせいぜい性技を磨け」

納得した。条件だけ見れば、バースィルにとって一番マシだったというだけだ。

なにかを期待していたわけではないけれど。やはり自分は物でしかないのかと思うと、心が冷えていくのを感じた。

「今日はもう休め。早く体を治して俺を楽しませろ」

自分で傷つけたとは思えない言いようだ。だが——。

「あの、さっきはありがとうございました」

「なんのことだ?」

「手当を……、カイ・ヤン先生を呼んでくれて」

少なくとも傷ついた潤也を置き去りにはしなかった。自分のベッドを占領されているのが嫌だっただけかもしれないが、それでも潤也はカイ・ヤンに手当してもらえて安心したのだ。

「怪我をさせたのは俺だぞ」

「でも、助かりました。ありがとうございます」

乱暴をされたこととは別に、それは礼を言うべきだと思ったのである。

バースィルの瞳に不思議な光が宿る。

「礼を言われる筋合いではないな」

優しいと言っていい手つきで肩を抱かれ、ベッドに仰向《あおむ》けに押し倒される。潤也の顔の横に手をついたバースィルが、興味深げに潤也を見下ろした。

「それは演技か、計算か？」

「……？　なんのことです？」

質問の意味がわからない。真っ直ぐバースィルを見上げて問えば、彼はにやりと笑って潤也の耳朶を指で弄んだ。くすぐったい感触にわずかに目を細める。

「そうか、わからないか。演技ではなさそうだな。どれだけ世慣れた淫売かと思ったら、なるほどまだ初々しい。校医が推すわけだ」

ますますわからない。カイ・ヤンがなんだというのだろう。

「おまえが気に入った」

バースィルが潤也の瞳を覗き込んでくる。手のひらで頬を包まれると温かかった。

「美しいな。おまえの目は夜空のようだ」

それを言うなら、バースィルの瞳は夜空に浮かぶ満月のようだ。潤也よりずっと美しい、と思う。

やり場なくシーツを握りしめていた潤也の手をバースィルの指が解《ほど》き、自分の首に腕を回すよう導かれる。

どうしていいかわからなくて腕にきゅっと力をこめると、首筋を強く吸われてちくんと痛みが走った。バースィルの痕をつけられたんだ、と思うとなぜか胸が騒いだ。

怖いはずなのに、ぴったりと寄り添った体の温かさは決して嫌ではなかった。

4

翌日、潤也は医務室に運ばれた。

無理を強いられた潤也の体は発熱し、今日は授業を休んで医務室のベッドで過ごすことになったのである。

昼近く、カイ・ヤンは潤也にチキンスープを用意してくれた。

「食べられそう？　無理はしなくていいからね」

温かな湯気の立つスープを少しずつ啜る。

普段はそれほど感じることはないが、調子の悪いときはやはり日本食が恋しくなる。卵粥《たまごがゆ》や味噌《みそ》仕立ての雑炊が食べたい。もちろんそんなわがままを言う気はないけれど。カイ・ヤンはよくしてくれている。

「悪いことをしたね」

「なにがですか？」

「バースィルにきみを薦めたの、俺なんだよ」

「先生が？」

そういえば、バースィルは校医が潤也を推したとかなんとか言ってはいなかったか。

「バースィルが専用の特待生を欲しがってるのを知って、きみを推薦したんだ。いちばん清潔な特待生はどれだって聞かれてね。在籍期間で言えばこの九月から入った特待生なら誰でも同じだったんだけど、きみはすぐにもユーリに壊されそうだったし」

たしかにユーリの遊びは日に日に過激になっていきそうではあった。

「医務室の常連から解放してあげたかったんだけど……、見込み違いだったみたいだ。本当にごめん」

「そんな。先生のせいじゃありません」

辛いばかりの学園生活で、自分を気にかけてくれている人がいたなんて。

「先生の気持ち嬉しいです。ありがとうございます」

「潤也……」

カイ・ヤンは労るようなまなざしで潤也を見た。

長い指でゆっくりと、潤也の前髪を梳《す》く。

「いい子だね、潤也は。もっと強《したた》かにおなり。お金のためと割り切るんだ。バースィルはもう自分の財産を使う自由を手に入れてる。お金だけは腐るほど持ってるからね。うまく立ち回ればたくさん貢いでくれるよ」

「そんなこと……」

「いいや。ここにいる間はいかにお金をしぼり取るか。それだけを考えるんだ。きみたちの卒業後は誰も保障してくれない。自分で蓄えておかなければ」

きっとカイ・ヤンの言うことは正しい。母の入院費も、もし手術ということにでもなれば奨学金だけでは心許《こころもと》ない。ここを出たあと母と暮らすための準備も必要だ。金はないよりあった方がいいに決まっている。けれど……。

「バースィルをうんと気持ちよくしてやるんだ。それで耳もとで囁いてごらん、あれが欲しいこれが欲しいって。彼みたいな国の王族は閨《ねや》ねだりなんか当たり前に思ってる。満足すればご褒美でなんでも買ってくれるよ」

そういえば昨夜欲しいものはないかと聞かれた。あれは褒美を与えようとしていたのかと納得した。

でも自分からねだるなんて。

兄には「せいぜい〝特別手当〟を稼いでこい」と嗤《わら》いながら送り出された。それを思っても悔しいが、潤也の性格的にもとてもできそうにない。

「男って意外と単純だよ。好意を持たれれば可愛くなる。セックスのときは相手に好きだって言いながらしてごらん。本気じゃなくていい、ベッドでのマナーみたいなもんだから。でも、できたら好きな人としてるって思ってみて。潤也の感じ方もぜんぜん違うよ、きっと」

マナーと言われればそうした方がいいのかもしれないが、いままで誰かに好きだなんて言ったことがないから抵抗がある。

カイ・ヤンは下を向いた潤也の頭をぽんと撫でて席を立った。

ふと疑問に思った。カイ・ヤンも好きではない人と寝たりするんだろうか。それともこれは当たり前の話なのだろうか。ここに来るまで晩生《おくて》で色ごとに疎かった潤也にはわからない。

潤也はたった一杯のスープが食べきれなくて、半分残した皿をトレーに戻した。食事だけで疲れた気がして、薬を飲んでベッドに横たわった。

すぐに眠気が訪れる。体が休養を欲しているのだろう。

運動場の喧騒《けんそう》が聞こえる。まだ授業中だ。

そういえば課題のノートを提出していなかった。あとで必要なものを取りに一回自分の部屋へ帰らなければ。

意識が遠く近く、ときおり浮上してはまたフッと沈んでいく。

どれくらい眠ったのだろう。まどろみの中で、誰かが会話をしているのが聞こえた。

——……は、寝てるから。

——……に来ただけだ。

——こんなの、……ないよ。ここじゃ……出て……。

途切れ途切れの声は誰のものかわからない。聞いた傍から内容も頭を通り抜けて覚えていられない。

ふと意識が途絶えて、再び目を開けたのは冷たいなにかが額に触れた感触でだった。

うっすら目を開くと眼前を白いものが横切る。

「起きちゃった？　ごめんね、汗かいしたから」

柔らかな美貌がにこやかに笑んで潤也を見下ろしている。

「キリル……？」

「お見舞いに来たんだ」

キリルは潤也のベッドに腰かけて、潤也の額を濡らしたタオルでそっと拭っていた。冷たくて気持ちがいい。

「熱が高くなってるみたい。カイ・ヤン先生どこ行ったのかな」

部屋の中に視線をめぐらせると、すでに陽《ひ》が傾きかけているのがわかった。ずいぶん眠っていたらしい。

キリルは冷蔵庫から保冷枕を取り出すと、潤也の頭の下ですでに温《ぬる》くなったものと取り替えた。

「ありがとう……」

「どういたしまして。授業のノート持ってきた。調子がよくなったら目を通しとくといいよ。あとこれ。おれがもらったもののおすそ分けで悪いけど」

小さな花瓶に入った白い花が枕《まくら》もとのテーブルに置いてあった。かすかな花の香りが鼻腔をくすぐる。

「きれい」

「花はいいよね。心を和ませてくれる」

　本当に。

　キリルは花が好きだ。彼の気を引くために、男たちはよくキリルに花を贈っている。豪華な花に囲まれたキリルは気をよくして、甘い香りの中でより淫らに咲いて男たちを楽しませるのだ。芸術系のクラブに所属している生徒はキリルに絵のモデルを頼むこともあるらしい。キリルが曼珠沙華《まんじゅしゃげ》の花を咥えたりしたら絵になるだろうなと、絵心のない潤也ですら思う。

「ね、おれ調べちゃった、バースィルのこと。ただの王子様かと思ったら彼、シャムデーン王国の近衛連隊長なんだよ。どうりで剣捌きがすごいと思った。実戦で鍛えてたんだね」

「近衛連隊長？」

「うん。近衛兵って君主の周囲を警護する直属の軍人のこと。王族だから位が高いっていうのもあるんだろうけど、それにしてもあの歳で連隊長だからかなり優秀なはず。子どもの頃から真剣で練習してるんだもん、ユーリはかなわないよね。剣はもちろん、銃だって一流だよ、きっと。ちょっと興味出てきちゃったなぁ」

　バースィルの体についていた傷を思い出す。あれは剣でついたものだったのだ。幼少から真剣を振るうなんて、日本で育った潤也にはちょっと想像がつかない。

「お、キリル。いらっしゃい」

カイ・ヤンが食事のトレーを手に戻ってきた。少し早いが潤也の夕食だろう。

「お邪魔してまーす」

キリルが嬉しげに挨拶《あいさつ》する。キリルはカイ・ヤンと気が合うらしく、具合が悪くなくともときどき医務室を訪れているようだ。もっともキリルは社交性が高いので誰とでも楽しそうに会話しているが。潤也はキリルが怒ったり暗い顔をしたりしているのを見たことがない。

そこへ、カイ・ヤンの背後からバースィルが姿を現したのでぎくりとなった。不機嫌そうな表情に昨夜の暴力を思い出し、反射的に身構えてしまう。

だがキリルはバースィルを見ると、臆することもなく軽い足取りで近づいていった。足音一つ立てない様は本物の妖精のようだ。

「はじめましてバースィル。おれはキリル。おれとも遊んでくれたら嬉しいな」

バースィルは蔑むような目でキリルを一瞥すると、彼を無視して潤也に声をかけた。

「来い。部屋に戻るぞ」

「え？」

戻っていいのだろうかとカイ・ヤンを見る。

「まだダーメ。熱が下がってからね」

バースィルはカイ・ヤンを睨みつけるが、カイ・ヤンも引きそうにない。顔は笑っているのに目はこのうえなく真剣だ。

「来いと言っている」

「無茶言うねえ、王子様。物じゃないんだよ。どうしても我慢できないなら、他の特待生で間に合わせときな」

「おれとかどう?」

艶っぽいまなざしで腕に手をかけたキリルを、バースィルは振り払う。

「あっ……!」

バースィルにしてみれば軽く押しのけただけのつもりだったろうが、細身のキリルはそれだけで人形のようによろめいて椅子にぶつかり、転んで床に倒れ込んだ。

「許可なく俺に触るな」

バースィルが吐き捨てるように言うと、キリルはむくりと起き上がり、おどけた調子で肩を竦めた。

「いったぁい。あーあ、ふられちゃった」

倒れた椅子を戻すと、その上に浅く腰をかける。

脚を組んで顔を傾け、斜め下から目を細めてバースィルを見上げた。途端、キリルの纏う空気が一変した。

凄《すさ》まじい色香がキリルの全身から溢れ出る。医務室の全員の目がキリルに釘《くぎ》づけになった。

「でも男らしくて素敵。おれ意地悪されると感じちゃうんだ」

妖艶《ようえん》に口の端を吊り上げ、艶《つや》めいた息をつく。明るいグレーの瞳に魅入られたようにバースィルも動かない。キリルは組んだ脚に肘をつき、自分の指を咥えてみせる。赤い舌がちらりと覗いた。

「ねえ。試してみない？　おれのこと……」

ごくん、と潤也までもが唾を呑んだ。なんだろうこの迫力は。

キリルを見ているだけなのに、病衣の下に隠れている潤也の雄が熱を持ち始めてきたのに驚いた。

キリルはゆっくりと立ち上がると、凄艶《せいえん》な笑みを浮かべたままバースィルに近づき、首筋を撫でた。キリルに呑まれたように今度はバースィルも振り払わない。バースィルの耳にキリルの赤い唇が触れる。

「満足させてあげる……」

がりっと音がして、バースィルがキリルを突き飛ばす。キリルは予想していたのか、今度はふらついただけでくすくす笑って口もとを拭った。唇に真っ赤なものが付着している。

驚いてバースィルを見ると、嚙まれた耳朶に血が滲んでいた。

「美味しい」

ぺろりと舌で血を拭うキリルはいたずらっ子のようだ。対照的に、燃えるような殺気がバースィルを包む。その威圧感に潤也の体は金縛りにあったように動かなくなった。

「……いいだろう、抱いてやる。俺の血を盗んだ罪は血で償ってもらおうか」

「ふふ、期待してる。いっぱいひどくしてね」

二人が出ていくと、カイ・ヤンはため息をついて潤也の隣の椅子に腰を下ろした。

「まったくあいつは……、妖精ってより、まるで魔女だ。誰の落とし方も心得てる。相手に合わせて甘えん坊にも女王様にもお人形にもなれる、すごい才能だよ」

「キリル……、大丈夫でしょうか？」

あんなことをして、きっとバースィルは怒っている。キリルの身が心配だ。自分にされた凌辱を思い出してぶるりと身を震わせた。

「んあ？　あー……、ま、大丈夫だろ。キリルは器用だよ、自分が壊れないように加減して痛めつけられるさ。あんだけ煽ったんだからある程度は覚悟してんだろうし」

「なんであんなこと……」

「わかんない？」

カイ・ヤンが潤也を見る。

「あいつ優しいんだよ。キリルは潤也のためにバースィルを引き受けようと思ったんだろう。せめて潤也の熱が下がるまで。そんで自分が怪我しちゃ世話ないけどな」

潤也は大きく目を見開いた。

まさかキリルがそんなこと！

枕もとでキリルが持ってきてくれた白い花が下を向いている。とっさにブランケットを捲《めく》り上げた。

「おい、どこ行くつもり？」

ベッドから降りようとした潤也の腕を摑んでカイ・ヤンが止める。

「バースィルの部屋に帰ります。キリルにそんなことさせられません」

「ダメだ！　きみは少しでも早く体を治すこと。キリルの気持ちを無駄にしないで」

厳しい口調で言われても、絶対に引けない。

「嫌です、ぼくのためにキリルが怪我をするかもしれないなんて。だったら自分が怪我をした方がマシです！」

頑固に首を振る潤也に、カイ・ヤンは「はぁぁ」と大仰な息をついた。

「まいったね、言うんじゃなかった。潤也はそういうとこ強情だよねえ」

ぽりぽりと後ろ頭を掻《か》きながら、

「わかった。うまく宥めんだよ。キリルと二人して医務室送りは勘弁な」

手を放してくれた。

うまくできるかどうかなんてわからない。わかっているのは、このままではキリルがひどい目に遭うだろうということだ。

よろめく足を必死に動かし、寮へと向かう。病衣を着たままの潤也を、すれ違う生徒たちは好奇の目で眺めた。

バースィルの部屋には鍵がかかっていた。どんどんどん、と力いっぱいドアを叩く。

「なんだ」

不機嫌な声でドアを開けたバースィルは、潤也を見ると意外そうに眉を上げた。すでにガウン姿である。奥からシャワーの音が聞こえる。そしてムッとするほどの花の香りが流れ出てきた。

「中に入れてください」

意外なことにバースィルはすんなりと潤也を部屋に通してくれた。中に入って目を見張る。

部屋中に飾られた花、花、花。

テーブルに置ききらず、机や床にまで置かれた大量の花が芳香をまき散らしている。

まさか花の好きなキリルのために？　いや、この短時間でこんなに運べるはずがない。

「これは……？」

「おまえへの見舞いだ。医務室へ運ぼうと思ったらあの校医に止められた」

見舞い？

それにしては多すぎる。医務室で断られたのも無理はない。

「あれ？　潤也？」

バスルームのドアが開き、ローブを羽織ったキリルが目を丸くする。

キリルの白くすらりとした脚に痣ができているのを見て胸が痛んだ。さっき転んだときにできたものだろう。放っておけば、キリルの美しい肌はもっと痛々しいことになるに違いない。

——きれいな脚にごめんね、キリル。

心の中で謝ってから潤也はキッとキリルを睨みつけると、目の前のバースィルに身を寄せた。

「出ていってくれない、キリル？　王子はぼくの恋人だから」

キリルはぴたりと足を止めると、潤也とバースィルをしげしげと眺めた。

バースィルも訝《いぶか》しんだ顔で潤也を見下ろす。

「王子、キリルを追い出してください。嫌です、あなたがぼく以外を抱くなんて。あなたの恋人はぼくでしょう?」

自分には男を誘惑する手管などない。だから立場を訴えるしかないのだ。

できるだけ甘えた顔でバースィルの胸に縋りながら。

「抱いてください王子、すぐに。あなたが欲しい……」

バースィルは潤也の頤《おとがい》を持ち上げると瞳を覗き込んだ。琥珀が不審の色を含んで潤也を映している。

「なんのつもりだ潤也。まだ熱が下がっていないのだろう」

こくん、と息を呑む。

とにかくキリルをバースィルから遠ざけたい。キリルがユーリのような目に遭うのは耐えられない。カイ・ヤンの言葉が脳裡に閃いた。

――男って単純だよ。好意を持たれれば可愛くなる。好きだって言ってごらん。

本当かどうかわからないけど。少しでも可能性があるなら……。

「あなたが……、好きなんです、王子」

キリルを助けるためと思いつつ、心にもない恋情を口にすることに罪悪感が湧いた。バースィルが本気にするとは思わないが、やはり気分のいいものではない。

バースィルを見つめながら、自ら身につけていた服を脱ぐ。二か所を紐で結んだだけの病衣は簡単に床に落ちた。

全裸で跪き、バースィルの雄を咥える。

じゅ、じゅ、とわざと音を立てて育てていった。

キリルが見てる――。

見られていると思うと頭に血が上る。積極的に自分から見せつけようなんてしたことがないから。

バースィルも潤也の前髪をかき上げて奉仕する顔を見下ろしている。恥ずかしい、こんな顔を見られているなんて。

熱が上がってきたのか、潤也の目が潤み始める。

「すき……、ん、王子…、すき、です……、ほしい……」

好きだなんて、誰にも言ったことがない。求められたこともなかったし、思ったこともなかった。だがカイ・ヤンにそそのかされたわけではないけれど、恋人だったら愛の言葉を捧げるのが普通だと自分も思う。

だから馬鹿みたいに好きだと繰り返しながらしゃぶった。なにもしなくても男に群がられた自分は、誘惑の仕方なんて知らない。色香でキリルと競えば潤也に勝ち目はない。自分を選んでもらうために、拙《つたな》い演技でも、潤也には恋人を模するしか思い浮かばないのだ。

――好きな人としてるって思ってみて。

好きな人だ。これはぼくの大好きな人。

そう思ったら、腰の奥がじゅんと蕩けた。一層愛撫《あいぶ》に熱が入る。

「そんなに俺が欲しいか？」

目を細めたバースィルが潤也の頬を撫でた。

喉の奥まで咥えながら、バースィルを見上げてこくんと頷く。

もっと欲しがって見えるよう、一旦《いったん》口から取り出した雄の先端にちゅっと口づけた。

「すき……、すき……、王子……」

好きなはずはないのに。

何度も言葉を捧げるうちに、胸の奥に不思議なざわめきが生まれた。好き？　誰を？　なにを？

好き、と繰り返す言葉と口の中の熱塊が奇妙に絡み合う。

「おい、おまえ。潤也の後ろをほぐせ」

バースィルがキリルに命ずる。キリルは素直に従ってバースィルに奉仕する潤也の腰に手を添えた。

「キリル……」

「そのまま続けてて、潤也。舐めてあげる」

躊躇《ためら》いながら男根を咥えた潤也の尻肉をキリルの細い指が広げ、舌先が蕾に触れる。ぬるんとした感触に潤也の白い尻が震えた。

キリルは尖《とが》らせた舌で襞をつつき、少しずつ潜り込むように内側まで侵入してくる。抜き差しする舌にいつの間にか指も加わって、内側のいい部分を優しく撫でられた。電流のような小さな快感が波のように腰から広がる。

いつもは乱暴に指で広げられるか玩具の類で遊びながらほぐされるかの経験しかない体には甘すぎる刺激だった。媚薬を塗り込められるように肉穴がじんじんと痺れていく。

「ふぅ、うん……、ふ、あ、いい……」

知らず腰を揺らしてしまう。与えられる方に気が向いてバースィルへの奉仕がおざなりになってきた潤也の尻を、キリルがぴしゃりと叩いた。

「潤也。お行儀が悪いよ。もっとバースィルを気持ちよくして」

「ご、ごめんなさい……」

再び喉奥までバースィルを呑み込む。腰を甘い痺れに犯されながら、口中の熱塊に集中しようと懸命に舌を這わせた。

くちゅる、じゅっ、にちゃ、ぬちゅ。

舐める音と舐められる音が混じり合って響く。

「潤也のすごく柔らかくなってきた。ほら、三本も入ってるよ。もう平気そうかな。ね、おれにもバースィルの舐めさせて。一緒に舐めよ」

「え？」

無邪気に潤也の隣に回ったキリルは、バースィルの肉茎を掴む潤也の手の上に自分の手を重ねて包んだ。

「うふふ、おっきい。舐めがいあるね、美味しそう」

ちゅっと先端にキスを落とすと、潤也の唾液で濡れた亀頭を躊躇いもなく唇で覆った。

重ねた手をゆっくりと上下しながらちゅぱちゅぱと音を立ててしゃぶるキリルを呆然と見ていたら、

「なにやってんの。潤也は下を舐めて」

促され、おずおずと柔らかな種袋の間に舌を伸ばした。

美味しそうにねぶるキリルを見ていたら、潤也の中に焦りとも対抗心ともつかないものが芽生え始めた。自分だってバースィルに気持ちよくなってもらいたい、潤也の方がいいと思ってもらいたい。

バースィルの後孔に続く会陰部分を舌全体を使って丁寧に舐めさすり、竿《さお》の付け根をじゅるじゅると音を立てて啜った。片方の袋を口に含めば合わせてキリルがもう片方を咥える。口中で吸ったり転がしたりとそれぞれが愛撫を繰り返し、上から垂れてきた蜜を二人で競い合うように茎に舌を絡めて舐め合った。

「美味しいね、潤也……」

「ふっ……、うん、美味しい……っ」

一つの肉棒に二つの舌。いやらしすぎる眺めに興奮した。

「悪くない」

愉悦に満ちたバースィルの声が二人に降り注ぐ。二匹の犬にするように両手でそれぞれの頭を撫でて行為を褒めている。

バースィルの目に自分たちはどう映っているだろう。雄肉に群がる雌犬の尻に、ご褒美を突き立ててやろうと思っているだろうか。突き立てて欲しい、と思ったら中が疼いた。

頭の芯がぼうっとする。熱に浮かされてだんだん自分がなにをしているのかわからなくな

ってきた。

血管が浮き上がった怒張の両側面を二人がかりで舌腹で上下し、裏筋と亀頭に分かれて吸い合う。夢中で舐め合ううちに舌同士がぶつかって、発情した二人はそのまま淫らなキスになだれ込んだ。同じ淫汁の味がする舌をぴちゃぴちゃと絡ませ合う。キリルの指が潤也の乳首をいたずらにくすぐって身を捩った。

「こら、雌同士で繋がるな。もういい。跨がれ」

キリルと体を引き離され、唾液を滴らせる顎を摑まれて立たされる。

「おまえはそこで自慰でもしていろ」

キリルにそう言い放ち、ベッドに横になったバースィルが潤也を手招く。

「あん、イジワル。でもそういうのも好きかなぁ」

キリルは見せつけるように大きく股を開き、昂る花芯をゆっくり撫で始める。赤く濡れた半開きの唇が信じられないほど淫靡《いんび》だった。

バースィルの凶器は潤也を貫かんと猛々しく天を向いていた。いつもなら恐怖を感じるほどの大きさなのに、熱で感覚が麻痺しているのか自ら受け入れたいものに思える。キリルと二人で舐めてあんなに美味しかったんだから、美味しいものに違いない。

水の中を泳ぐ魚のようにふらふらと近づき、バースィルの腕に体を支えられながらベッドに乗り上げて膝で跨ぐ。見下ろすと、唾液で濡れ光る黒々としたバースィルの男と向かい合わせた自分の性器も勃ち上がっていた。しかも鈴口からは涙のようにたらたらと透明の液が流れている。

キリルの視線で体をねぶられて肌が燃えるように熱い。

——キリルが見ている。恥ずかしい。ううん、見て。

バースィルの先端を、自分の蕾にぴたりと当てる。キリルの唾液で濡れそぼったそこはヒクヒクと震えて口を開いていた。

茎を支えながら、頭を少しだけ肉の環《わ》に潜り込ませる。先だけ入ってしまえば、充分な硬さを持ったバースィルの雄は、手を添えなくても体重をかけるだけでずぶずぶと潤也にめり込んでいく。

「あ……、あっ……、やだ、いい……！」

痛みは一切なかった。痛くないどころか、気持ちがよくて締めつけてしまう。キリルにたっぷりほぐされたせいか、興奮しているからなのか。いつもより内壁が敏感で、こじ開けられるごとに動物じみた声を上げた。

「あっ、ああ、う……、ああ……」

あまりの大きさに怖くなる。途中で止まったら入れられなくなる気がして、ズン！　と自重で最奥まで一気に貫いた。押し上げられたように潤也の目からぽろぽろと涙が零れる。

気持ちいい。どうしよう、すごく気持ちいい。

「き……もち…、いい……」

ずくんずくんと体内の雄が脈打っている。挿れただけで感じてしまって腰が抜けそうだ。自分で動くなんてとてもできそうにない。

バースィルの肩口に顔を伏せ体を強張らせる潤也の背を、バースィルの手が撫でた。もう片方の手で潤也の涙を拭い、目の縁にそっと唇を落とす。初めてのキスだった。

柔らかく、温かい。

なぜか嬉しいと思ってしまった。なのに、

「おまえが俺で達することができたら、おまえの献身に免じてキリルを許してやろう」

優しい声音で意地悪に囁く。潤也がキリルを助けるために心にもない言葉を口にしたことを見抜かれている。だから潤也が身じろぎもできないほど感じているのをわかっているくせに、あえて潤也自身に動けと命令してくるのだ。

慈悲を乞《こ》うようにバースィルを見たが、情欲に光る瞳は潤也を見返すばかりだった。

「ほら潤也、俺を好きなんだろう?　遠慮はいらない、存分に俺を愛するがいい」

囁きは、甘く。

観念した潤也はぺろりと乾いた唇を湿すと、膝と腿にグッと力を入れた。

「ひ……ぅ、あぁぁ……ぁっ……」

咥え込んだものを自分で引っ張り上げる感覚に細い喘ぎが漏れる。ずるずると粘膜を擦る熱が太くて硬くて、強烈な快感が湧き起こった。ぎりぎりまで引き抜いてからまた体を落とす。

「やはぁっ！　ああ、ああん、もうっ……！」

一旦電流のような快感が身を貫いたあとは止まらなくなった。できるだけ奥を抉ろうと自ら腰を擦りつけて最奥まで受け入れる。ぐちゅんぐちゅんと鳴る音を聞きながら、いい部分に当てようと腰をぐりぐりと回した。だが力の入らない脚は満足に自分の秘所を探り当てられない。

「あ……、ああ……だめっ、できないっ……！　おねがい王子！　手伝ってください……！」

もどかしさに泣きながらバースィルの肩に縋りつく。耳と首筋に懸命に唇を押し当てながら懇願していると、ふとキリルに噛みつかれたバースィルの傷が目に入った。もう血は固まっているが、痛々しい噛み痕が引《ひ》き攣《つ》れて赤黒く染まっている。

ずくん、と潤也の身の内を衝動が駆け上がった。

なぜ自分の恋人が傷つけられているのだろう。

潤也でさえまだ味わったことのないバースィルの血をキリルが舐めたのだと思ったら、うなじが総毛立つほどの熱が脳を焦がした。

考える間もなく傷を唇で覆った。バースィルの体がぴくりと動く。

――痛くしないから。味わわせて。ぼくにも貴方《あなた》の血を。

傷を舌で癒すように撫で、溶け出した血の味を恍惚として味わった。舐めながらキリルに怒りのようなものを覚えている。

この気持ちはなんだろう？　この人は自分のものだと思うこの感情の正体は？　ああ、そうだマナーを守らなきゃ。好きだって言わなきゃ。好きだって……。

「すき……」

バースィルの体がピクリと動く。

熱心に癒しを繰り返す潤也の腰骨にバースィルの両手が添えられた。と同時に、簡単に持ち上げられた潤也の腰が下から強く突き上げられた。

「あっ！」

潤也の細い肢体はバースィルによって軽々と持ち上げられ、また手を離されて串刺しにされる。繰り返される突き上げにあられもなくうめき泣いて快楽を追った。

「おうじ、王子…！　ああ……、気持ちいいっ……！」

「バースィルと呼べ」

囁かれ、言われるままに唇に乗せた。

「バースィル……！」

その瞬間、潤也の胸の奥でなにかが弾ける。目の前の褐色の肌の男をひどく愛《いと》おしく感じて何度も名を呼んだ。

「バースィル、バースィル……！　っ、あ、バースィル……ッ！　すき……、そこっ……！」

「そんなに気持ちがいいか」

零れ落ちる潤也の蜜液がバースィルの腹を汚した。だがバースィルは構わず潤也を貫き続ける。与えられる快感は自分で動くよりずっと深い。

キリルの興奮した息遣いが二人の声に重なる。

「あ……、すごい。すごいよ潤也のお尻。エッチな尻尾《しっぽ》生えてる。真っ白な可愛いお尻におっきな真っ黒の尻尾。すごくやらしい……。あん……、ん、ねえ、気持ちいい？　おれも……、気持ちいいよ、いっちゃいそう……」

キリルから見えているだろう痴態を想像したら、頬が恥辱に燃え上がった。いやらしい肉の尾を出入りさせ、尻を振りながら悦ぶ自分。

ぎゅうっと咥え込んだ雄を締めつけてしまい、バースィルが感嘆の息を漏らした。潤也は頭を振り立てて限界を訴える。

「やだ、きもちい……！　やっ、もう、や……っ、むりっ……！」

「そんなに可愛く鳴くな。……中に出して欲しいか、それとも？」

熱い飛沫で中を濡らされる感触を思ってぞくぞくした。

「なか、に……っ、中にくださいっ！　あ、やぁぁっ……！」

答えると同時にバースィルが最後の追い上げを開始する。潤也が肉茎を食《は》みしめて達する瞬間、潤也の奥でたぎったものが弾けた。待ちわびていた熱に体が内から蕩けた。

「ああ……」

脱力して崩れ落ちる潤也を抱きしめ、バースィルも厚い胸板を上下させる。汗で濡れた潤也の髪をバースィルの手がかき上げ、額に口づけを落とした。温かい感触に胸の奥が疼く。

「おまえも口づけを返せ」

そんなふうに言われて戸惑った。それもマナーなのだろうか。誰かと恋人関係を持ったことがないからわからない。

「どこに、すれば……？」

「おまえの好きなところに」

そう言われてますます困った。唇にするのは躊躇われる。自分の唇は汚れているから。

特待生の唇にキスをする生徒はほとんどいない。彼らにとって特待生の唇は性器の一つ。男根を突き入れ、精液をぶちまける穴にすぎないからだ。その証拠にバースィルだって唇へは触れなかった。

逡巡《しゅんじゅん》ののち、遠慮がちにバースィルの頬に軽く唇を押し当てると、彼は満足げに潤也の腰を撫でた。まだ結合を解かれないままの体が敏感に震える。

どことなく甘さの漂う雰囲気を、キリルのしのび笑いが遮った。

「はぁ……、すごいよかった。興奮しちゃった。やっぱり潤也の声最高。っていうかラブなエッチって見てて燃えるねえ」

ラブなエッチ……？

言われた言葉がまったく自分たちに不似合いで慌てて否定した。

「そ、そんなの……っ！　違う、そんなんじゃない！」

自分はともかくバースィルは不本意だろう。

そう思ってから「自分はともかく」に自分自身でうろたえた。

違う、熱のせいで混乱しているだけだ。バースィルを好きだと言ったのも、彼の関心を自分に引きつけてキリルを助けるため。そう、たとえ口に出したことでほんの少し意識下にすり込まれたとしても、到底愛などと呼べるレベルではない。

バースィルは冷たい目でキリルを見ると、

「おまえはもう出ていけ。抱いてやる気もなくなった」

さっさとしろとばかりに顎をしゃくった。キリルは肩を竦め、

「はーいはい。ほんとつれないんだから。服着る時間くらいは許してくれるよね？」

手早く制服を身につけて部屋をあとにした。去り際、「また三人でしようね」と懲りずにウインクを残して。

キリルが出ていったらもう一度くらい抱かれることを覚悟していたが、バースィルは潤也をベッドに寝かせただけだった。

「辛くないか?」

潤也の額に手を置いて熱を測っているようだ。横になると急に熱が上がった気がする。それとも無理をして実際に熱が上がったのかもしれない。

「なにが必要だ。水か、氷か」

医務室に帰れと言わないんだろうか。でも自分ももう体が重くて歩けない。抱いて連れていってくれとも言えないので、申し出をありがたく受けて水と保冷枕を頼んだ。

頭の下に保冷枕を入れられると、冷たさが心地よくて目を閉じた。火照る頬も冷やそうと横を向いたとき、ふと花の香に気づいて目を開けた。すっかり匂いに慣れてしまって存在を忘れていたが、そういえばこの花々は潤也への見舞いと言っていなかったか。これだけたくさんの花を用意するのはずいぶん金がかかったろうと思う。

「バースィル……」

「どうした」

「お花……、ありがとうございます。お礼言うの忘れててごめんなさい」

バースィルはふっと笑って潤也の隣に腰かけた。

「嬉しいか?」

「……はい」

大きな手が潤也の髪をゆっくり撫でる。それがとても心地いい。

「本当は抱くつもりはなかったんだがな」

「え？」

熱で潤んだ瞳で見上げると、バースィルは周囲の花に目をやった。

「医務室に花を運べなかったから、おまえをここに連れてきて休ませるだけのつもりだった。せっかく見舞いを用意したからおまえに見せたかっただけだ」

本当に？

「それをあの淫売が煽るから……。おまえも悪いぞ。おとなしく医務室で寝ていればよかったものを。あんなに懸命に迫られたら俺もその気になるだろう？」

そんな。

それならそうと言ってくれれば、キリルだって潤也を庇《かば》おうとはしなかっただろうし、潤也だって無茶をしようとは思わなかっただろう。

しかし彼は潤也を抱きたいからよこせと言ったわけではなかったらしい。思い返してみれば、部屋に帰るぞとたしかにただそれだけだった。言葉足らずではあったが、勝手に勘違いをしたのは潤也たちの方だ。

だがバースィルを怒らせたキリルはあのままだったらきっと怪我をするほど嬲られたろう

し、バースィルが乱暴であることに違いはない。だから潤也も自分の体を張って助けに来たのだ。やっぱりひと言、寝かせるだけだと言ってくれればよかったのにと思う。

でも、途中でキリルを救うことよりもバースィルの気持ち自体を自分に向かせたくはならなかったか……。

よくわからなくなって、それもこれも熱のせいだと無理矢理結論づけた。

バースィルの気配を近くに感じながら目を瞑《つぶ》る。

見舞いの花を見せたかった、なんて。

子どものような言い分だと思ったら潤也の口もとが少し弛んだ。

5

潤也の頭上で、細い金の鎖がしゃらりと音を立てる。

豪華な装飾が施された金の環を手首と足首に嵌められ、環から延びる金の鎖はベッドの端にくくりつけられ潤也を拘束していた。

実際はバースィルが好きに潤也の体を返せるように、鎖はだいぶ余裕を持たせた長さになっている。だから動きそのものを奪われたわけではないが、四肢が繋がれていればまるで飼われた獣の気分だ。ひどく高価なこの拘束具は、バースィルから潤也への「特別手当」の一つである。

潤也は毎夜この鎖に繋がれる。思うさまバースィルに弄ばれ、最後は彼を受け入れて果てる。四つに這わされて後ろから犯されるときが、獣として扱われているようでいちばん興奮した。突き入れられるたびに鳴る鎖の音が潤也を狂わせる。

今夜はベッドに仰向けに押し倒され、鎖を引かれて両手を頭上に縫いとめられていた。冷たい鎖を握り込んで快感の波に身を任せている。何度経験しても、乱れまくってぐしゃぐしゃになった自分を見られるのは恥ずかしい。それでいて、見られると興奮してしまう。

「う……、ん……、あん、ん……」

肌が透ける紗《しゃ》だけを纏った潤也の脚の間から、振動音を響かせるローターのコードが延びている。さっきから小さな玩具で内壁を刺激され続け、汗で張りつく薄絹を絡みつかせて身を捩っていた。

一度抱かれて中に放たれた体は敏感になっている。ローターの動きで乳首はピンと勃ち上がり、花茎も蜜を零していた。後孔からは振動に合わせてバースィルの残滓《ざんし》が少しずつ滲み出てシーツを濡らしている。肉筒に溜《た》まった精液を玩具でかき混ぜられるのは気が遠くなるくらい気持ちがいい。

「好きだな、潤也。気持ちいいか」

「す、すきじゃ……、ないっ、やだぁ……」

「嘘《うそ》をつけ。じゃあこれはなんだ」

「はうっ！」

真っ赤に膨れた充血を乱暴に摑まれて、痛みと紙一重の快楽にわななないた。

だって達《い》けない。どんなに気持ちがよくても、後ろに放り込まれたローターの刺激だけでは極めるには足りないのだ。中まで指を突っ込んで前立腺に当ててもらうか、その細かな振動で直接蜜口を撫で回してもらわない限りは。

「あん……、もう……、いかせて……、いかせてください……っ」

よがり泣きながら懇願する。涙で濡れた頬をバースィルが撫でた。

促すような視線におねだりを許されたのを知って、いつものはしたない言葉を口にする。

「エ……、エッチなおもちゃで……、遊んでください……。ぼくの、いやらしいとこ……、に、あ、当てて……、気持ちよく、して……」

快感と羞恥で乱れた吐息で、切れ切れに願いを口にする。して欲しい行為を言葉にすることを、この数週間で躾《しつ》けられていた。いつまで経《た》っても恥じらいを捨てられない潤也が目もとを赤く染めるのを、バースィルは楽しんでいるらしい。そんなおねだりすら、許可がなければさせてもらえないけれど。

「本当におまえは可愛い」

バースィルの太く長い指が二本、潤也の蕾に潜り込んでローターを捉えた。ブブブ……と鳴る振動を前立腺に押し当てられた途端、引き攣れた叫びを上げながら腰を浮かせた。

「動くな。それでは気持ちよくなれないだろう?」

「だってっ……! だってぇ……!」

強烈すぎる快感に自然に腰が逃げる。指で隙間《すきま》のできた襞からボタボタとバースィルの精液が零れ落ちた。

バースィルのもう一方の手が、潤也の腰が逃げるのを押さえ込むように屹立を強く握る。下腹を上から押さえつけられ擦り立てられれば、中と外から強引に与えられる暴力的な悦楽にあっけなく精を解き放った。潤也の臍《へそ》や乳首を熱い飛沫がぱたぱたと汚す。

「……あ、……ふ、ぅ……」

白い臀部《でんぶ》を震わせて余韻に浸る潤也の耳を、バースィルが愉《たの》しげに食む。

「なんだ。遊んでやる暇もないな」

「……ごめんなさい……」

「罰だ。手を使わずに中のものを産み落とせ」

卑猥な命令に、かぁ、と頬を染めた。

以前ユーリに強要されたときは泣くほど嫌だった行為が、バースィルの命令なら従ってしまう。人を従わせることに慣れた彼の態度がそうさせるのか、支配されることを悦ぶ隷属の気質を開花させられてしまったのか。

潤也の中に、バースィルを楽しませたいという想《おも》いがたしかにある。他の誰にもこんなことは思わなかった。

なのに――。

「んんっ……!」

膝が胸につくほど折り曲げた脚を大きく左右に広げたあられもない格好で、バースィルの眼前に恥部を晒している。「自分で持て」と解放された両手で膝の裏を持たされて、自ら尻を突き出してみせた。

「ん……、うん……、っ、ぁ……」

腹腔に力を込めると、押し出されたローターが内側から肉の環をつついた。さらに強く圧をかけると、にち……っ、という濡れた音と共に、膨らんだ襞を割ってコードをつけたピンクの塊が頭を覗かせる。同時に内腔を満たしていた精液がツッと尻の狭間を通ってシーツまで滴った。

「いやらしい眺めだな」

バースィルの欲情に掠れた声に腹の奥がじゅわっと熱くなる。白い蜜で汚れた潤也の花芯の先端からまた透明な露が溢れ、白と無色の体液が混じり合い、とろとろと流れて襞をさらに濡らした。

バースィルが見てる。恥ずかしい自分の姿を。見られてる。

それがこんなにも感じる――！

「で、でちゃう……っ！」

産み落とす瞬間の解放感はすごかった。

人として秘すべき行為を他人の目に晒す恥辱に、なお欲情している己のあさましさに、射精を伴わない絶頂が潤也の身を貫く。

ローターが落ちたあとはヒクヒクと震える蕾が口を開けていた。

自分で大きく広げた白い腿と朱鷺色《ときいろ》の屹立越しに、潤也を征服してくれる男の顔が見える。

情欲に濡れた目をしたバースィルが、開かせたままの潤也の両足を肩にかけ、ぐっと前傾して潤也の顔の横に手をつく。尻が高く持ち上がり、秘所が真上を向くような体位にされた。潤也を見下ろすバースィルの顔も自分自身の性器も丸見えで、潤也にとってこのうえなく羞恥心を刺激する形だ。

「よくできたご褒美だ」

「あ……、あ……、あぁ……っ」

バースィルの雄が垂直に深く挿入《はい》ってくる。肩と頭しかベッドについていない姿勢が苦しくて、でもその苦しさがよくて涙がぼろぼろと零れた。この体位がもっとも深くバースィルを受け入れられる。

目の前にぶら下がる自分のペニスの向こうに征服者がいる。口もとに野性的な笑みを浮かべた表情がセクシーすぎて、心臓がおかしなリズムで鳴った。これから貪《むさぼ》られるのだ、この力強い男に。

目が合って、ぞくりと背筋が震えた。ぐぐっ、と奥の奥まで男根が突き込まれる。

「ん、く……、ぁ……っ、あ！　あっあぁっ、ふあぁあ、あぁ――ッ！」

律動は激しかった。

自分の叫び声が理解できないほど頭が真っ白になる。打ちつけられる衝撃のままにバースィルの腕を摑み、爪を立てた。冷たい鎖が揺れながら潤也の脚、腕、顔を叩き、しゃらんっしゃらんっと音を刻む。

生温い水滴が顔を濡らすのにうすく目を開けば、バースィルの汗に混じって、動きに合わせてぶらぶらと揺られる潤也自身からの先走りが降りかかっていた。

バースィルの獣じみた息遣いが潤也を煽り立てる。中のいちばん弱い部分をペニスの先端でごりごりやられると、身も世もなくよがり狂って泣いた。

「俺が好きか？」

「すきっ、すきっ、バースィル……！　すきですっ、ああっ、あ――……っ！」

吹き飛んでしまいそうな意識の中で、何度もバースィルを好きだと繰り返す。バースィルが、そう求めるから。

こうやって、好きと言いながらするから余計潤也もいいのかもしれない。

一人の男とじっくり交わすセックスは悦楽が深い。肌が馴染《なじ》んで日に日に感度が上がっていく。身をもって叩き込まれた潤也には、もう快楽に逆らう術がなかった。


ずいぶん眠った気がして、ふと目を開けた。

部屋の中はうす暗い。夜明けにはまだ時間がありそうだ。むくりと起き上がってみると、広いベッドの少し離れた位置でバースィルが眠っている。

潤也はすぐに、自分が抱かれながら終わりを待たずに気を失ってしまったのだと思い出した。だが潤也の体は清められている。鎖は行為の間だけしか使わないので、いまは外されて潤也は自由だ。

以前は潤也が気を失っても汚れた体のまま放置されていたが、一度潤也の肌が残滓でかぶれてからは、潤也が自分でできないときはバースィルが丁寧に後始末してくれるようになった。単純に、肌に体液を残しておくとかぶれることがあるのを知らなかったらしい。それからは気をつけてくれている。

国では閨に侍女が控えており、性交のあとは彼女らが体を拭ってくれていたというから驚きだ。ここではなんでも自分でしなければならないから不便だと零していたのを思い出す。わがままな子どものようだと思った。

そんな話もあり、身の回りは他人任せでなにもできないのかと思ったら、几帳面《きちょうめん》でなんでも手早くこなすので意外だった。「軍隊にいたからな」と彼は言った。ほとんど大学までの勉強を十四歳までに済ませ、その歳で軍隊に入隊したときは王子という立場での特別扱いをさせず、自ら希望して一般の兵に交じって生活をしたと話していた。あの見事な剣術はものごころついたときからの鍛錬の賜《たまもの》だとも。

少しずつバースィルを知るにつれ、彼が暴君なだけではないのだとわかってきた。

毎夜潤也を苛むけれど、最初のときのような無茶は決してしなかった。性具を使うのも、きっと潤也が弄ばれることを悦んでしまうから。今日はなにを使われるのだろう、と考えるだけで体の奥が甘く潤うほど期待してしまう。

潤也が望まずとも矢継ぎ早に「特別手当」をよこし、美しい夜着や宝石で潤也を飾り立てて楽しんでいる。拘束のための金環と鎖はもとより、指輪やネックレス、時計やスーツ、潤也の肌を磨くためのオイルや希少な成分を配合したローションまで。どれもびっくりするほど高価な品ばかりだ。

だがバースィルにとっては子どもに飴玉を与える程度の感覚らしい。ペットだと言われてしまえばそれまでだが、少なくともそれなりに潤也を気に入っている証拠だ。

そして――――。

『俺の名を呼び、愛を捧げろ』

そう命令し、行為の間は潤也に好きだと言わせるのだ。

カイ・ヤンの言うことは本当だったのかもしれない。好意を示せばバースィルは可愛がってくれるように思う。

そして潤也もバースィルを自分の最愛の人と思いながら奉仕することで深い快感を得ている。セックスに酩酊《めいてい》した状態で口にするせいだろうか、最中は本当に自分がバースィルを愛していると錯覚してしまうことすらあった。

終わったときはいつも額に口づけられる。潤也にも口づけを返させる。潤也は大抵頬か手の甲にした。でも。

まだ一度も、唇を重ねたことはない……。性器への口淫も受けたことはない。当たり前なのに、なんだか寂しいと思ってしまうなんて、どうかしている。

どうせバースィルが卒業するまでの関係だ。彼は潤也より一学年上だから、つぎの夏には学園を去る。

「………っ」

思ったら、得体の知れない不安が背筋を這い上がった。

バースィルはいなくなってしまう。彼が卒業してしまったら、潤也はまた学園の性奴に戻らなければならない。望まれれば誰にでも脚を開き、毎晩いくつもの男根を突き込まれて体の内も外も精液で汚されるのだ。

「……いや……」

小さく声に出してしまったのを、潤也自身も気づかない。

怖い。

――なにが？　性奴に戻ること？

いや、それは覚悟している。

――だったらなに？

この人がいなくなってしまうこと。

——どうして？　複数を相手にするより一人の方が楽だから？

違う。

——なにが違う？

彼以外に触れられると考えると吐き気がする。

——だからそれは、楽に慣れたからだろう？

違う。違う違う！　ただの一人であっても、バースィル以外の男は嫌だ。

——……だからそれは、…………。

体中の皮膚が粟立った。これ以上考えてはいけないと、頭の片隅で危険信号が点滅している。終わりが見えているのに、必要以上に心を近づけてはならない。

終わり。

そんな単語に胸が切り裂かれるように痛み、ぶるっと頭を振った。

強引に思考を振り切り、眠るバースィルを見る。

ベッドにいる間は潤也にも着衣を許さないが、バースィル自身もなにも身につけない。裸の胸が規則正しく上下するのを見ていたら、急に肌に触れたくてたまらなくなった。彼の情熱に翻弄されていればなにも考えずに済むのに。

そっと近づき、眠る顔を見下ろす。

眠っていてなお意志の強そうな眉と唇。高い鼻梁は形よく、顎は男らしくたくましい。濃いまつ毛に縁取られたまぶたに隠れる月のような瞳を思ったら、喜びとも悲しみともつかない感情が膨れ上がった。

少しだけ……。

唇で触れるなんてしないから。

バースィルの厚みのある唇に人差し指を伸ばす。

指の先がほんのわずか柔らかな弾力に触れたと思った瞬間、目を開いたバースィルに手を摑まれぎょっとした。

「……おまえか」

一瞬ひどく険しい顔をしたバースィルは、潤也を認めるとホッと息をついて手を離した。

「驚かせるな」

「ごめんなさい……」

驚いたのは潤也も同じだが、眠る人間に触れようとしたのがそもそも悪い。起こしてしまったことを申し訳なく思いつつも、あれだけで目を覚ます彼の眠りの浅さが気になった。

バースィルはすぐに不遜《ふそん》な笑みを口もとに浮かべ、潤也の腕を引いた。バースィルの体に覆い被《かぶ》さる格好になった潤也の尻をグッと摑む。

「なんだ、足りなかったか？　恋人を満足させるのは男の務めだ。もう一度愛してやろう」

「ちが……！」

腰はまだ重だるいくらいである。

「遠慮をするな」

くるん、といとも簡単に体勢を入れ替えられて、バースィルの重みを体で受け止めた。

「ん……」

首筋を唇でついばまれ、軽く熱を煽られる。熱心に潤也の肌をまさぐる手に、焦りのようなものを感じて不思議に思った。漠然とだが、不安から逃れたがっているような。

そう思ったら、なにか考えるより早くバースィルの黒いくせ毛を胸に抱き寄せていた。

「……なんだ？」

「あ……、ごめんなさい、なんとなく……」

不安がっているように見えた、などと言ったら怒るに違いない。安心させてあげたいなんて。

なんともいえない沈黙が漂った。バースィルの頭を抱いてしまった腕を解くのも変だと思い、そろりと髪の間に指を差し入れてみる。拒絶されなかったので、続けて指先で頭を撫でてみた。髪まで硬くしっかりとしていて男らしいのだなと思った。

しばらくそうしていると、バースィルは心地よさそうに目を閉じた。赤子を抱いているみたいだ、と思う。

「おまえの腕は温かいな」

安らいだような声だった。

「あなたも温かいです」

「そうか」

じっと潤也の心臓の鼓動に耳を澄ませている。潤也の背に回された手はいつものように至るところに触れるわけでなく、自然に添えられたままだ。

やがてバースィルは満足したのか、今度は自分の腕の中に潤也を包み込んだ。広い胸に抱きしめられてバースィルの匂いを嗅《か》ぐと、なぜか胸がどきどきする。

バースィルが潤也の頭のてっぺんにキスを落とした。

「たまにはこうしているだけの時間もいいか」

横抱きで腕に閉じ込め、潤也の髪を梳いてくれる。甘い空気に、胸がきゅんとした。

「……ここは寒いな。俺の国は暖かい」

ぽつりと呟いた声が寂しそうに聞こえた。

暖房が効いて学園内は暖かいが、この地方の朝方の最低気温は氷点下まで下がることもある。潤也のいた東京に比べてもずっと寒い。あまりに冷えると潤也でさえもの悲しい気分になるから、火のような国から来たバースィルはなおさらだろう。

「シャムデーンはどんなところですか？」

「暑いな。特に夏は気温が四十度を超える日も珍しくない。だが海は美しく、短い春には小さな花が咲き乱れる。可憐《かれん》だぞ。砂漠の夕日と夜明けは格別だ。毎日古い日が燃え落ちて、新しい日が輝きながら生まれる。国は豊かに潤い、人民は暮らしに満足している……」

楽しげに故郷を語っていたバースィルがふと口を閉ざす。不思議に思ったが、

「おまえの国はどうだ」

と聞かれてそのまま流れてしまった。

「四季が豊かな国です。季節によって気候が変わって……、小さいけれどきれいな国だと思います。火山国なので、至るところに温泉がありますね。傷を癒すのにいいところです」

バースィルの傷痕を見ていたら、温泉に連れていってあげたくなった。目の前の一つを指でなぞる。バースィルはくすぐったそうに身じろぎして少しだけ笑った。

「いい国のようだな」

「はい」

帰りたい、と思った。日本のことを口に出したら胸が痛いほど郷愁が募った。母の顔が見たい。

「国が恋しくなったか?」

潤也の空気が変わったのを敏感に察したのか。

叶《かな》えられない願いを口に出せばみじめになる。卒業してここを出ていくまで耐えねばなら

ないのだ。長い休暇の折には日本に帰国することも可能だが、母の前で「兄に感謝している」と嘘をつき続けるのは自分には不可能だろうし、なにより兄の京也に会うのが苦痛だ。潤也が日本に帰れば、京也は嬉々として潤也の顔を見に来るだろう。自分が貶めた、実の弟を嗤うために。

「……日本食が恋しくなっただけです。こっちに来てから口にしていないから」

そうごまかして、話を打ち切るようにバースィルの胸に頭をすり寄せた。生まれてしまった望郷の念から逃げるように、目を閉じて睡魔の訪れを待った。

土曜の晩は特待生にとって恐怖の夜である。

普段は十一時と決められている消灯時間だが、土曜だけは時間を設定せずに学生たちは夜更かしができることになっている。それはとりもなおさず、特待生を時間を気にせず玩弄できるということだ。ほとんどの特待生は週末は動けないほど疲弊しきっている。

潤也も例外ではなかった。バースィルの専属になるまでは。

放っておけば他の生徒の餌食《えじき》になると案じてか、バースィルは週末のほとんどを潤也を連れ歩いて行動し、不在にするときは部屋に籠もっているよう命令する。親に守られている雛《ひな》鳥《どり》のようだ。

おかげで編入以来遅れがちだった勉強をする時間も取れるようになった。バースィルは大変に優秀で、わからないところはなんでも教えてくれる。潤也の覚えのよさに、バースィルは少なからず驚いたようだった。

「おまえは賢いな。特待生というのはもっと……」

一瞬口ごもったのを潤也が引き受ける。

「見た目ばっかりで勉強は二の次だと思ってましたか？」

「……まあ、そうだな」

素直に認められてつい笑ってしまった。

「少なくともエーグル・ドールに見合う学習レベルは求められました。他の特待生もきっとそうですよ」

こんなやり取りができるのは親密になった証だろうか。少しずつ打ち解けているようでなんだか嬉しい。

勉強が終わればいつも通り熱く抱かれはしたけれども、潤也にとっては穏やかな土曜の夜を過ごし、日曜は午後から街に連れ出された。外出時は制服着用という規則があるので、二人とも制服の上にコートを羽織った姿である。

この国に来てから三か月になるというのに、潤也はほとんど学校から出たことがない。週末にボランティアや校外学習が組まれているときに集団で外出する程度だった。

十二月に入った街はクリスマスデコレーションで溢れ返っている。空気はキンと冷たいけれど、道行く人々の楽しげな笑い声やウィンドウのディスプレイなどが潤也の心を浮き立たせた。

「欲しいものがあれば言え」

「そんな……いままでもたくさんいただいてます。寮では置ききれませんし」

「使わないのなら家に送っておけばいいだろう」

「ぼくのアパートはとても狭いんです。キッチンとバスまで入れてもあなたの部屋より小さいんですよ」

母と借りた六畳一間に台所と風呂がついただけの古いアパートは、わずかな荷物だけでいっぱいいっぱいだ。

「だったら家を買ってやる。そこに置くといい」

当たり前のように言うので面食らった。なんというか、スケールが違う。欲しいと言ったら本当に買ってくれそうで怖い。

でも、そんな高いもの。

なにより……、なんだろう。愛人のように扱われるのが苦しい。

大して違わない立場のくせにと自嘲してしまうが、物を与えられ繋がれる関係だと思うと心が痛い。父と母の関係を見てきて、いつもなにがしかのわだかまりを抱えていたから。

「家はいりません」

少し硬い表情をして断った潤也に、バースィルは「おまえは欲がないな」とつまらなそうに返しただけだった。

カフェの甘い香りに惹《ひ》かれて中に入った。店内はいっぱいだったので、クリームとチョコレートがたっぷり乗ったモカを手に二人で外のテラスに座る。

カップから湯気が立ち上り、熱い液体を啜ったバースィルの唇からも白い息が流れる。白く冴《さ》えた空気の中で、バースィルの褐色の肌が温かそうに見えた。いや、この肌がとても熱いことを潤也は知っている。昨夜《ゆうべ》だってその熱で潤也を焦がしてくれた。

思い出したら、下半身が恥ずかしい反応をし始めた。

いまはコートに隠れている彼のすばらしい肢体を。激しい息遣いを。

あの唇が、潤也の体に触れた――。

「どうした?」

話しかけられてハッとした。バースィルがニヤニヤと笑っている。

「ずいぶん色っぽい顔で俺を見るじゃないか」

「……っ、そんなことありません」

自分のはしたない想像を見抜かれたようで、赤くなって横を向いた。そのとき、視界に小さな手のひらが飛び込んできた。

潤也に向かって差し出された手の主を見ると、まだ十歳に満たないだろう少女だった。ずいぶん痩《や》せて、目ばかり大きく見えるのが痛々しい。着ているものも薄くて寒そうだ。

「お金を……恵んでください」

か細い声は消えてしまいそうで、ずいぶん腹を空《す》かせていることも見て取れた。

こんな小さな子が震えてお腹を空かせているなんて。

バースィルを見ると、まったく興味がないように子どもの存在を無視している。こういう子どもがたくさんいるのは知っているが、せめて見てしまったこの子にだけでもと潤也は財布を取り出した。大して持っていないけれど、パンを買う足しにでもなればいい。

「なにをしている、潤也。やめておけ」

「でも……、お腹が空いてるみたいです」

「おまえが金を渡したところで、そのままその子どもの親に渡るのが関の山だ。どうせ酒か薬に化ける。その子の口に食べ物が入るなんてことはないだろう。金を持って帰れば親からの要求は一段と高くなるぞ。明日は昨日よりもっともらってこいと家を蹴《け》り出されるだけだ。できなければ殴られる。だからやめておけ」

そんな……。

目の前で震える少女を見る。空腹のせいか諦めのせいか、瞳に生気が乏しい。せめてこの子の空腹を満たせないものか。

少し考えて、

「ちょっと待ってて」

潤也は一旦少女の手を両手で包み込むと、店内へ急いだ。手袋もないその手はとても冷たかった。潤也の胸の奥がちくんと痛む。

ホットミルクとクッキーを買って、テラスへ取って帰した。

「はい、これ。ここで食べちゃって。持って帰って怒られるといけないから」

金を渡せば消えてしまうのなら、これではどうだろうか。なぜ菓子より金をもらってこなかったと叱《しか》られたら可哀想《かわいそう》だから、この場で食べてしまえばいい。

少女は大きな目を真ん丸に見開いて驚いた。

「いいの……?」

「うん。きみのために買ったんだから」

「ありがとう!」

生気のなかった少女の瞳がキラキラと輝く。やはり子どもは甘いものが好きだ。

少女は美味しい、ありがとうを繰り返しながら夢中で平らげ、名残《なごり》惜しそうに指まできれいに舐めてしまうと、ぴょこんと頭を下げて去っていった。そんな仕草が愛らしくて、ほほ笑ましい気持ちでいつまでも少女に手を振った。

「おまえは……」

潤也は視線をバースィルに戻す。なぜか潤也を眩《まぶ》しいような目で見ていた。

「はい？」

「ずいぶんと優しいんだな。なるほど、食べ物をやるという手があったか。つぎからは俺もそうさせてもらおう」

冷たいようで、少しはバースィルも気にしていたんだな、と思った。

「俺の国にも、ああいった子どもは大勢いる。国は豊かだが、どこにでも貧困街というのはあるものだ。俺は軍人肌で福祉面は兄に任せきりだが、そういえば食料の配給をしていたな。大鍋で粥を炊いて配っていた」

「お兄さん、どんな人ですか？」

バースィルみたいなのだろうかと思ったら、聞いてみたくなった。

「母が違うから俺とは似ていないな。気の優しい方だ。優しすぎて……、弱いというのかもしれない」

腹違いの兄。自分と同じだ、と思うと目の前の自分とは似ても似つかない男に奇妙な連帯感が湧いた。だが、

「俺が育つにつれ、周囲では俺と兄が逆だったらよかったのにと言う輩《やから》が出てきた。俺が自分を蹴落として王位を狙っていると思い込んだ兄は日に日に疑心暗鬼になっていき……、つ

いには命を狙われる有様だ」

「え……？」

「馬鹿馬鹿しい、俺は兄を敬愛している。王位になど興味はない。けれど兄は俺を信じなかった。戦死を期待してか、周りの反対を押し切って前線に送られたこともあった」

言葉を失《な》くした。潤也とて兄に売られた身の上ではあるが、生命を脅かされるのとはまったく違う。淡々と話すバースィルに怯えも怒りも見られないのが逆にもの悲しい。

「さすがに案じた父が俺を近衛兵に任命して引き戻したがな。だがとうとう寝込みを狙われるまでになって、慌てて側近が俺を逃がしたというわけだ。いまさら高校もないものだと思ったが、エーグル・ドールに放り込まれたのも安全確保が狙いらしい。卒業後はそのまま欧州の大学にでも進学だ。どこでもいいがな、自国でさえなければ。兄が王位を継ぎ、俺を危険分子ではないと判断するまで国には帰れない。幸い父王は健在だし、何十年先になることやら」

だからなのか。昨夜のバースィルの不安げな反応は。

就寝時に襲われたために、他人の気配に敏感になっているのだろう。

なんでもないような顔をしていても、あのときのバースィルは不安そうに見えた。無理もない、家族に命を狙われ、故郷へ帰れる目途《めど》も立たないのだから。あんなに自分の国を誇らしげに語っていた彼が寂しくないわけがない。

少しでも慰めたくて、テーブルに乗せていたバースィルの手にそっと自分の手を重ねる。

「なんだ？　俺の周囲ではよくある話だ。おまえが気にすることはない。父は公平に俺にもいくつかの分野の会社経営権を委《ゆだ》ねてくれている。なんら不自由はない」

笑って指を絡めてくるバースィルの、潤也を見る目がどことなく温かい。

「クリスマス休暇は日本へ戻るのだろう？」

「いえ、こちらで過ごそうと思ってます」

十二月の半ばから一月の上旬まで、エーグル・ドールはクリスマス休暇になる。ほとんどの学生は家に帰るはずだが、潤也は卒業まで帰るつもりはない。学園自体は休暇明けまで完全に閉鎖されるから、どこかのホテルを都合する予定だ。冬期講習で勉強をしていると言えば母も納得してくれるだろう。

「俺も帰る予定はない。もし行く先がないならおまえのぶんもホテルを取ってやろう。ウインタースポーツでもして二人で楽しく過ごすとするか」

バースィルが帰れないことはわかったが、

「二人で……？」

楽しく、という言葉がとても意外でつい聞き返す口調になった。バースィルがかすかに眉根を寄せる。

「なんだ。俺とでは不満か？　そろそろ他の男が恋しくなったか」

からかう口調だが、目は笑っていない。

「そんなことありません」

他の男なんて。

「ならば俺がいいか？」

とくんと胸が鳴った。どうしてそんな聞き方をするんだろう。

返事を促すように琥珀色の瞳で見つめられて、自分の体温が少し上がった気がする。

「……バースィルが、いいです」

口に出したら急に恥ずかしくなって、カァッと頬に血が上った。

彼との関係を思えば実質それ以外の返答などできるはずはないのに、自分が本心からそう言ったようで。

赤くなってうつむく潤也の顎を捉え、バースィルが正面から瞳を覗き込んでくる。いましがた優しかった目が急に剣呑《けんのん》な光を帯びていることに困惑した。強いまなざしに、潤也の喉がひくりと鳴った。

「おまえの恋人は誰だ？」

低い声に圧迫されそうになった。見えない力に喉を締め上げられているようで、ごくりと唾を嚥下《えんか》する。

「あなたです……」

「そうだ。裏切るなよ、潤也。他の男に体を許したら殺してやる。その男ともどもな」

自分の玩具が自分以外を主人と認めるのを許さない。そういう意味だろうが、なにか奥底にもっと別の、激しいものが隠れている気がした。なんだかわからないけれど。

バースィルの感情の正体が掴めず、それでも戸惑いながら頷いた。

絡めた指に、一瞬だけ力をこめられる。バースィルは厳しい表情を解くと、なにごともなかったように席を立った。

「抱きたくなった。帰るぞ」

いまの態度はなんだったんだろうと思ったが、早足でさっさと歩くバースィルについていくのが精一杯で、尋ねることはできなかった。

6

「あれ、フランス語のテキストがない」

つぎの授業で使うテキストが鞄《かばん》に入っていない。入れたつもりだったが、今朝《けさ》方わからない部分をバースィルに聞いたときに机の上に置いてきてしまったことを思い出した。

急いで寮に戻り、階段の踊り場に差しかかったところで、小さなうめき声が聞こえて足を止めた。声はすぐ上から響いてくる。おそらくこの手すりを曲がったところから。

そして衣《きぬ》を擦りながら肉を打ちつける音が……。

頬が熱くなった。誰かが抱き合っているのだ。

こんな時間に、こんな場所で――。

エーグル・ドールは選択授業制なので、クラスのない生徒は寮で休んだり勉強したりしていることもある。人気《ひとけ》の少ない寮内で恋人同士が愛を交わすこともあるだろう。しかし普通は部屋でするものだ。とはいえ、堂々と横を通り過ぎるなんてできない。

遠回りになるが他の階段を使おうと踵《きびす》を返しかけたとき、情交の音に混じって哀れな懇願が聞こえた。

「……やめて。ごめんなさい……っ。もぅ……、あっ、い、いたいの……、ゆるして……」

「うるせえ、てめえに拒否権なんてねえんだよっ」

「あっ！　ああーっ、ああっ！　ごめんなさいっ、ごめんなさいっ！」

潤也の足が凍りついた。

すぐに二人の声はやんで、なにかがドサッと床に転がる音が聞こえた。ちょうど行為が終わったところらしい。

潤也が動けないままでいると、階段を下りてきた人物とはち合わせて「ひっ」と声を上げてしまった。向こうも驚いたらしい。険しい顔をした少年は、マフィアの息子だった。

彼は一瞬目を見張ったが、すぐに潤也を睨みつけると、忌々しそうに横の壁を蹴った。乱暴な仕草に潤也の身が竦む。

「なんだよ、覗きか？　さすが猿は悪趣味だよな。興奮したか？　え？　でも抱いてやらねえよ、てめえなんか。せいぜいうす汚れた色の肌の男と乳繰り合ってろ！」

自分を馬鹿にされるのは我慢できるが、バースィルを貶められたことにひどく腹が立った。たかが肌の色が違うという理由で。いつもなら言い返したりはしないけれど、その言葉は怯えをねじ伏せるほど潤也を不快にした。

「人を、その人種や外見で判断するのはもっとも愚かなことの一つだと思います。そんな小さなものの見方しかできないんですか」

「なんだと？」

少年の瞳が物騒な光を宿す。

危ない、と思う間もなかった。耳の横で乾いた破裂音がしたかと思うと、潤也の体はすでに床に叩きつけられていた。強《したた》か胸を打ち、一瞬呼吸が止まる。マフィアの息子は苦しさで体を丸めた潤也の腹を遠慮なく蹴り上げ、肩や背中を足で踏みつけた。

髪を摑まれ、床に伏せた頭を強引に上げさせられる。張り飛ばされた頬がひりひりと痛んだ。口の中が鉄臭い。もう一度、平手で頬をパンと叩かれる。

「売りもんの体だろうからな、これくらいにしといてやるよ。だがつぎはねえぞ。また生意気な口利きやがったらぶっ殺してやる」

乱暴に手を突き放すと、少年は大股で歩み去った。

「いた……」

壁に手をついて立ち上がり、手すりの向こうにいるであろう特待生に近づく。案の定、金色の巻き毛のルカが床の上で丸まったまま嗚咽《おえつ》していた。制服はさんざんに乱れ、白濁がルカのむき出しの臀部とその周辺の床に飛び散っている。見えている素肌は痣だらけだ。

「も……、もうやだよぉ……。こんなの……、やだ……」

「ルカ……」

痛ましくて、震えるルカの体にそっと手を伸ばした。

「さわんないで！」

触れた瞬間、振り払われた。ルカは涙で濡れた目でキッと潤也を睨む。

「……そんな、可哀想って目で見ないでよ。誰のせいだと思ってんの」

はっきりと潤也への怒りを露わにした声に、驚いて動けなくなった。

「潤也はいいよね。あんな金づる捕まえて、一人で楽しちゃってさ。同じ奨学金もらってるのにずるいよ。潤也がいないぶん、他の特待生に人数回ってるのわかってる？　ぼく昨夜他の人相手しててあいつとできなかったから、いまこんなことになってんの。同情なんかいらないから、半分引き受けてよっ、前みたいに一緒に犯されてよ……！　ぼくだってこんなに苦しいんだから！」

叫んで、ルカは制服の前を大きく開く。痣の浮いた肌の中で、乳首にも臍にも光る小さなピアス。そして以前はなかった場所にも二つの宝石がきらめいていて、潤也は息を呑んだ。

「知ってる？　ここにピアスされるの、すごく痛いの。乳首よりずっと痛いんだよ……。でもね、すごく感じちゃったんだ。どうしよう……、ぼくどんどん変態になってっちゃうよ」

流れる涙を拭うこともせず、暗い笑みを浮かべながら自分の陰茎につけられたピアスを潤也に見せつけるように持ち上げた。

「これって潤也にお礼言わなきゃいけないのかな。潤也がいなくなったぶん、ぼくがいっぱい特別手当もらえるんだもんね？」

言葉が槍《やり》のように潤也の胸を突き刺す。喉が凍りついたように動かない。

ぐしゃっ、とルカの顔が歪んだ。ぼろぼろと大粒の涙を零しながら潤也にしがみついてくる。

「潤也っ、潤也！　助けてよ、苦しいよ！　戻ってきてよ！」

わああと大声を上げて、ルカは泣き続けた。

潤也は言葉を失ったまま、揺れるルカの巻き毛をただ見つめていた。

「なんだこの傷は」

夕方部屋に戻ったバースィルは、潤也の傷を見ると怒りを露わにした。

「誰にやられた」

「転んだだけです」

言うなり、襟もとを掴まれ正面から睨みつけられた。

「殴られた傷と転んだ傷の違いが俺にわからないとでも思うのか。ふざけるな！　言え。誰にやられた」

言ったらきっとバースィルは報復に行くのだろう。自分の玩具を傷つけられることは、すなわち自分のプライドを傷つけられることだから。

でももう暴力は嫌だ。ルカの体と心の傷を見て、すっかり疲弊してしまった。マフィアの息子はその性質から、きっとやられたらまたやり返すだろう。暴力の連鎖は続いていく。考えるだけで気分が塞いだ。ルカに詰《なじ》られるまで特待生という立場を離れて安穏としていた自分も嫌悪している。

「本当です。……あっ！」

頑《かたく》なに口を結ぶ潤也を、バースィルはベッドへ引き倒した。潤也の服を剝《は》いで腹や背中についた痣を手のひらでなぞり、鬼のように顔を歪めた。

「おまえは俺のものだ。おまえに傷をつけていいのは俺だけだ！」

バースィルのもの。

物扱いされていることに、やっぱりなという諦観と、それが正しいのだという安堵が浮かんだ。自分は道具でなくてはならない、ルカのように。

だから物みたいに抱いて欲しい。潤也の立場を叩き込んで、性具として扱って。

「どうしても言わないつもりか。誰を庇っている」

バースィルの怒りにぎらつく目が潤也に突き刺さる。

「転んだんです、本当です。腹が立つなら、どうぞ罰してください」

口を割らない潤也に焦れたバースィルの大きな手が、喉を締め上げる。せり上がる嘔吐感《おうとかん》に目を細め、口を開いたとき――。

潤也の口中に、ぬるりとした熱いものが侵入した。

ビクッと体を揺らして目を見開く。バースィルの体温が、潤也の頬にぴたりとくっついていた。月のような瞳が至近距離から潤也を睨んでいる。

キスだ。

わかった途端、体の奥から甘い衝動が突き上げた。

動揺して口中の塊を追い出そうと舌で押しやる。だが逆にからめとられ、激しく擦り合わされた。

「んっ、……ふっ、ぅ、ぁ……、や……っ」

熱い。

いままで特待生同士でしたような官能を煽るものとは違う、獣性的で荒々しいキス。潤也の顎を捉えて閉じられないようにし、潤也が逃げるのにも構わず舌を突き入れてくる。唇を噛まれ、痛みに震えて止まった舌をきつく吸い上げられた。

「んぅ……」

だんだん酸素が足りなくなって、意識が酩酊する。持久力ではバースィルにとてもかなわない。キスの仕方さえろくに知らないのに。

唇を覆うように塞がれ、混じり合った唾液を飲み込んでしまう。苦しくなって自然にキスに応えると、怯える子どもを宥めるような優しい動きに変わった。腰の奥がきゅんとなって、熱いものがこみ上げてくる。

怖いほど気持ちいい。初めてのバースィルの唾液の味は、潤也が敢《あ》えて見ないように目を逸らしてきた気持ちを引きずり出していく。

好きだ、バースィルが——。

そしてきっとバースィルも、潤也を物以上に思っている。だって彼は奴隷の唇にキスなんかしない。

怖くなって、力いっぱいバースィルの体を突き飛ばした。

「やだっ……！」

思いきり顔を背け、濡れた唇を手の甲でごしごしと擦る。甘い感触を消してしまいたくて。

「ど……して、キスなんか……、いやだ……」

こんな甘さは欲しくなかった。自分は特待生なのに。ルカみたいに辛いと泣かなければならないのに。もっとそれらしく扱ってほしい。

「……そんなに嫌か」

嫌だ。喜んでしまう自分が。

バースィルの低い声が傷ついたように聞こえて胸が震えた。

ごしごし、ごしごし唇を擦る。バースィルの感触が消えてしまうまで。

「抱いてください……。いつもみたいに、玩具にしてください。怒らせたならお仕置きでもなんでも……」

「キスは嫌でもセックスはいいのか。さんざん俺を好きだと言った唇がそんなことを」

自嘲すら滲む声音で責められ、潤也の胸が張り裂けそうに痛む。だって、あれは……。

「あなたが……、言えって言うから……」

嘘つき。自分だって言いたくて言ってたくせに。

ハッ、とバースィルが笑いを漏らす。

「そうだな、俺が命令した。おまえは嫌いな男でも脚を開かねばならない立場だからな。媚びもするだろう」

嫌じゃなかった。バースィルにならら望んで体を委ねていた。

目を合わせたら瞳から自分の心が悟られてしまいそうで、バースィルの顔が見られず下を向いたままシーツをぎゅっと握りしめた。

「そんな傷んだ果実のような見苦しい体を抱けというのか、この俺に。抱いて欲しかったら怪我を治してから来い！」

音高くドアを閉め、バースィルは部屋から出ていった。

乱暴な言葉の裏に、潤也を慮《おもんぱか》った心が隠されているのがいまならわかる。早く体を治せと言ってくれたのだと。

最初こそ暴力的だったけれど、懐に入れればバースィルなりに大事にしてくれた。褥《しとね》での無体も最終的には潤也が悦ぶようにしていたのを知っている。それに甘えて恋心など抱いた自分が悪い。他人を犠牲にしていたくせに、自分一人楽に浸っていた。思い出せ、自分の立場を。

ベッドに横たわるとバースィルの匂いがした。男性的で、どこか甘い匂い。

拭っても拭っても涙が流れるから、やがて疲れてそのまま放置した。目の縁から鼻の脇を通り、涙がシーツを濡らしていく。

自分がもう一度汚れたら、バースィルは潤也から興味を失うだろうかと、泣きすぎて痛んできた頭で思った。

数日はなにごともなく過ぎた。

夜は同じベッドに眠るものの、バースィルは潤也に手を触れることなく反対を向いて寝てしまう。あれ以降キスをされることもない。

もともと痣とすり傷程度だった怪我はすぐに癒え、ほとんど目立たなくなった。

バースィルはいつも通り潤也と一緒に食堂で夕食を取り、消灯までの時間を彼の部屋で各自好きなことをして過ごす。会話らしい会話もなく気づまりではあったが、バースィルは潤也が一人で行動することを許さなかった。逃げられないよう、自分が不在にするときは潤也を鎖に繋ぎ、常に束縛している。

日を置かず男を受け入れていた体にとって、セックスなしという生活は逆に落ち着かないものだ。そしてルカに責められてからずっと潤也を苛んできた罪悪感は、体が楽になるにつれどんどん膨らんでいった。こんなふうに安楽に過ごしてはいけないと、焦燥が潤也を苦しめる。

夜の務めもないのに、潤也は日に日に憔悴《しょうすい》していった。バースィルも口には出さないが、そんな潤也を気にしているようだ。

——潤也がいないぶん、他の特待生に人数回ってるのわかってる?

何度も耳の奥でこだまするルカの言葉。

あれからずっと考えている。やはり自分は特待生の本来あるべき位置に戻らなければならない。それが正しい姿だ。いままでが歪んでいた。学園はそのために潤也に金を払っているのだから。

バースィルが潤也に好意を寄せてくれているのは、きっとここが世間から隔離された特殊な空間だからだろう。寮生男子校や軍隊など、男しかいない空間ではよくあることだ。その期間が終われば憑《つ》き物《もの》が落ちたように男になど興味を失う。バースィルだって同じ。

学園を出れば美しい女性はたくさんいる。ましてや彼ほどの財と美貌の持ち主ならば引く手あまただ。彼がどんなに寂しくたって、周りが彼を放っておかない。彼を慰めるのは潤也である必要などどこにもない。

どちらにしろバースィルが卒業すれば自然に切れる関係だ。少し早まるだけのこと。特待生としての本来の務めに戻る。

ともすれば涙が滲みそうになる決意を、潤也は固く心に誓っていた。問題はいつ、それを実行できるかということだ。バースィルは潤也から目を離さない。

「出かけるぞ」

静かに読書をしていた土曜の夕方、バースィルに連れ出された。

連れていかれたのは、タクシーで一時間ほど走ったところにある日本料理店だった。瓦葺《かわらぶき》の大きな平屋造りの堂々とした佇まいで、外国の郊外にこんなに本格的な日本家屋があるなんてと驚いた。

「お待ちしておりました」

着物を着た日本人従業員に先導され、長い廊下を歩く。外出は制服でと決められているものの、学生服でこんな高級な店にと思うと落ち着かない気になった。

案内された先は上品な内装を施した離れの和室で、二人分の膳《ぜん》が据えられ、とりどりの美しい料理が運び込まれた。バースィルの膳の横には酒も置いてある。

「日本食が恋しいと言っていただろう」

「ぼくのために？」

以前、郷愁が募ったときに話をごまかすため口にしたことを鵜呑《うの》みにされて、申し訳なさと嬉しさが同時に浮かんだ。こんなふうに気遣ってもらえるなんて思ってもみなかった。

「少しは元気が出るか？」

胸の奥がぎゅっとしぼられた。

ごめんなさい。

自分は、こんなに優しくしてくれる人を裏切ろうとしている。それが正しいのだとしても彼の気持ちをないがしろにすることに変わりはない。

罪悪感で潰されそうになりながら、最大限の努力で笑みを浮かべた。今日だけは楽しく過ごして、バースィルの気持ちに応えるべきだ。

「いただきます」

ありがたく箸《はし》を取り、舌鼓を打つ。温かい天ぷらも冷たく引き締まった刺身も、日本で食べるものと遜色《そんしょく》ないすばらしいものばかり。久しぶりの日本料理は心に沁みる味だった。

バースィルの気持ちに感謝しながら、ひと口ひと口味わって噛みしめた。

「美味《うま》いか」

「はい」

学園には酒類は持ち込み禁止だが、この国での飲酒年齢に達しているバースィルは酒を片手に潤也の食べる様子を眺めている。料理はほんの少しつまんだ程度だ。

生魚を食べる習慣はないだろうし、こういった素材を活《い》かした、悪く言えばうすい味つけは慣れないと食べにくいだろう。自分の口には合わないのに、潤也を元気づけるためにこんなに遠くまで連れてきてくれた。

もう一度ほほ笑んでみせた潤也に、バースィルが目を細めた。

「ではまた連れてきてやろう。そうだ、おまえに渡したいものがある」

なんだろうと首を傾げると、奥の襖《ふすま》を開けてみろと促される。素直に立っていき、開いてみて驚いた。

鶴《つる》や牡丹《ぼたん》をあしらった豪奢な総絵羽模様の打掛がかかっていたのだ。黒地に鮮やかな文様は潤也の視線を吸い込んだ。

「おまえに似合うと思って取り寄せた。日本の着物はいいな。豪華でとても美しい。気に入った」

いったいいくらしたんだろう。しかしこれは……。

「これは……花嫁衣装ですよ」

「そうらしいな」

いつの間にか潤也の背後に来ていたバースィルが後ろから潤也の腰を抱き、どきりとした。

久しぶりのバースィルの体温に、一気に体が熱を帯びる。

絢爛《けんらん》な打掛はバースィルの趣味に合っただけだろう。だが、それでも花嫁衣装と知っていて潤也に贈るのかと思ったら、胸の奥が熱く震えた。

抱かれたい、という強い思いが突き上げた。

また学園の性奴に戻る前に、自分の立場を忘れてバースィルと交わりたい。たった一度でも、好きだと自覚した想いを胸に秘めて。

後ろ手にバースィルの雄を探る。服の上から形をなぞると、すぐに昂り始めた。愛《いと》しくなって、前立てのファスナーを下げ、中から兆したものを引きずり出す。

「こら、こんなところでしたいのか」

潤也の欲情を冷やかす響きに、より体が火照った。

「したいです……」

学園に戻るまでなんて待てない。

素直に欲しがる潤也にバースィルも気をよくしたのか、指先が潤也の唇をなぞる。

「珍しく積極的だな。ならば今夜は夫に仕えるいたいけな花嫁を演じてもらおうか。その着物を素肌に纏え」

想像して顔が熱くなった。素肌に羽織る花嫁衣裳は、緋襦袢《ひじゅばん》を着せられるよりもっと純情を散らされる気がする。

バースィルは潤也のブレザーの袷《あわせ》から手を差し込み、シャツの上から乳頭を抓む。しばらくぶりのもどかしい刺激に体を揺らした。

「ん……っ」

早くも尖ってきた先端を二本の指で上下から潰され、腰の奥がぞくぞくした。カリッと耳朶を齧《かじ》られてはっきりした快感が脚の間に突き抜ける。

「うん……っ」

噛んだ耳朶を舌でなぞる動きが卑猥で、痛みを癒されて熱が高まっていく。

「誘ったのはおまえだ。わかっているだろうな」

頬を染めながら頷いた。先に奉仕しろと言われているのだ。

「それを着てみろ」

言われるまま制服を脱ぎ落とし、敢えて袖は通さずに打掛を肩に羽織る。しゅっという衣擦れの音が、潤也を淫靡な気分にさせた。学園の外でこんなことをするのは初めてで、それも畳敷きの部屋で和装という非日常感により興奮してしまう。

バースィルは感嘆の息をついて潤也を眺めた。

「美しいな。深い黒がおまえの肌によく映える」

立ったままのバースィルの前に膝をつき、喉奥まで一気に受け入れる。

舌で小刻みに裏筋を刺激しながら奥深くまで吸い込むと、半勃ちだったそれはたちまち完全な男の形を取った。

「焦るな。そんなに早く欲しいのか」

潤也の性急さを笑い、手伝うように腰を揺らして雄を前後してくる。熱い塊が往復すると口内に唾液が溢れた。

「くん……ぅ、んく……っ……」

零して畳を汚してはいけないと必死で啜り、こくんこくんと喉を鳴らして先端から滲む愛液ごと飲み込んだ。そのたび喉の奥でバースィルを締めつけてしまうらしく、だんだんと潤也を穿つバースィルの表情が陶然としていく。

「潤也……」

劣情を孕《はら》んだ声に煽られて、ますます舌技に熱が入る。

嬉しい、バースィルが気持ちよくなってくれてる。

もっと感じてもらいたくて、竿を擦り立てる手の動きに合わせて頭を上下し、二つの袋を揉み上げるようにして射精を促した。

好きで、好きで、愛しくて。こんなふうに彼を味わえるのはもしかしたら最後かもしれないと思いながら、熱心に奉仕を繰り返す。バースィルをしゃぶり尽くしてしまいたい。

「んんっ……!」

ぬるっとした粘液が口中に広がる。甘くて苦い味に恍惚となった。早く飲みたい。でもまだ飲み込んではならない。

潤也が竿を擦るたび、残滓がとろっとろっと先端からしぼり出されてきた。精道に残ったぶんも余さず吸い出すと、口腔に溜めた精液を零さないように唇を窄めて男根を抜き取る。ちゅぽん、と口から出してなお上を向いているものをうっとりと眺めた。これからこれが潤也を気持ちよくしてくれる。

白濁を潤滑液代わりにするため、バースィルが揃えた人差し指と中指を潤也の口内で泳がせる。

二本の指で舌を挟んで捻り、強引に舌のつけ根を撫でられれば嘔吐感が募った。けれど懸命に涙を浮かべながら耐える。そんな潤也の様子にバースィルはひどくそそられるようだ。

「もう飲んでいいぞ」

許可が出て、ひと口で音を立てて嚥下した。待ち望んだ蜜の味は潤也の心を官能に染め上げる。

ぬらぬらと部屋の灯《あか》りを照り返す指を見せつけられ、うすい唇を開いて息をついた。

畳の上にしどけなく横這いになり、腰を上向きにひねる。肘をついた姿勢から肩越しにバースィルを見上げ、体に沿ってそろそろと打掛の裾を捲っていく。桃のような丸みが露わになるとバースィルが息を呑む音が聞こえた。

欲情に濡れ光る眼《め》で見つめられて潤也の中心がずくずくと脈打った。自分が興奮させている、この傲慢で尊大な主人を。

「ここ……、挿れてください……」

自分で開いてみせた花蕾《からい》に、バースィルの濡れそぼった指が触れる。すでにほころび始めていたそこは嬉しそうにバースィルの指を呑み込んでいった。

「ん……、きもちいい……」

バースィルはいつもオイルを使ってほぐしてくれる。準備がないときはいまのように精液や、潤也自身の唾液で。口淫はなくとも、それで充分だった。バースィルの巧みな指技はおそろしく潤也を高めてくれるから。

揃えた指で中をかき回され、いいところを擦られ、体の中を覗くように二本の指で広げられればたまらず声を上げた。

「あんっ、もう……！　指じゃいや……！」

「欲しがりな花嫁だ」

いつもならもう挿れてくれる。期待した花蕾がふるふると震えた。目を閉じてつぎに来る太い衝撃を待ち望んでいると、予想とは違う柔らかな刺激が潤也を襲った。

「あっ、なに……っ⁉」

ぴちゃ、と水音が立って、温かな感触が潤也の蕾を出入りしている。

舐められてる――！　と思ったら、頭の中がどろりと溶けるほど興奮した。驚くほどの喜びが湧き上がって自分でもうろたえた。

「あ……、だめ、だめです……、バースィルが……、王子がそんなこと……」

だが嬉しさと同じくらい、高貴な人物に奉仕させているという申し訳なさで胸が重くなる。自分の汚いところを舐めさせるなんて。

「きたない、から……、やめて……」

しかし拒絶は口先ばかりで、初めてのバースィルからの口淫に心まで蕩けてしまって体に力が入らない。尖らせた舌がくすぐるたび、小さな花弁は悦んで散ろうとする。そこはバースィルの舌を中に引き込みたがって淫らな呼吸を始めた。

畳の上に仰向けに転がされ今度は花茎を舐められると、くねくねと腰を捩って快感に身悶えた。

「そんなの……、本当に……！」

嬉しがって涙を零す鈴口に向かって下から舐め上げられると、あまりの快感に背がしなって腰が浮いた。

「あ、もう……、もう……、これ以上は……、でちゃうから……っ」

「そうだな。そろそろ俺も欲しい」

バースィルは胡坐《あぐら》をかき片膝を立てて座ると、片手を後ろについて上体を後傾させて「来い」と短く命じて潤也を手招いた。潤也は脚の間でそそり立つ男根に惹かれるように、正面からバースィルの体を大きく跨ぐ。

見下ろした先にある凶器の大きさに目の奥が熱くなった。全裸に打掛を羽織っただけの自分と対照的に、きちんと整えた制服からそれだけが飛び出しているのがいやらしい。支えるように潤也の腰に手を回されれば、温かい手の感触にぞくぞくする。

潤也は高価な打掛を汚さないように捲り上げ、男根を蕾に当てた。早く貫かれたくて気が逸《はや》る。腰を落とすと、ズッ、と熱いものが潜り込んで嬌声を上げた。鋭い快感が背筋を駆け上がる。

「あぁっ……――！」

ふ、とバースィルの口もとが喜悦に歪んだ。

「おまえが俺を嫌っていようと構わない。だがおまえは俺のものだ」

「きらい……なんて……」

たとえ睦言《むつごと》だとしても、さすがにもう好きだなんて口には出せない。本心だと自覚してしまったから。

バースィルはどう反応していいかわからず瞳を見返した潤也の腰を撫で、促した。

「好きに動け」

きゅ、と尻肉を摑まれたのを皮切りに、おずおずと腰を回し始めた。

目の前の月のような瞳を見ていると愛しさが溢れてくる。感情が快楽を増幅して、潤也はすぐに腰が爛《ただ》れるような感覚に呑み込まれていった。

「あ……、いい……、いい、気持ちいい……、バースィル、バースィル……！」

あまりの快感に貪るのをやめられない。好きな人を、好きだと思ってするのがこんなにいいなんて。

いつものように好きだと言えないぶん、繰り返し名を呼んだ。

打掛が肩からずり落ちるのも構わず腰を振り立て、思うさま肉穴でバースィルの雄を扱《しご》く。躾けられ覚え込まされた通り、快感を口に出しながら夢中で喘ぐ潤也の耳に、襖の向こうから野太い男の声が届いた。

「失礼いたします。お声が聞こえましたので。ご用でございますか、お客様」

ビクン！　と震えて動きを止める。カァッと頭に血が上った。

そうだ、ここは学園じゃないんだ。潤也の声を聞きつけた従業員がなにごとかと様子を見に来たのかもしれない。どうしよう、こんなところを見られたら……。

「おまえが大きな声を出すから人が来てしまった」

「バースィル……」

一瞬で青くなった潤也が震え声でバースィルに助けを求める。バースィルの指がカリッと潤也の乳首を引っかいた。

下から潤也を見上げるバースィルの笑いを見て、まさかという思いが過《よ》ぎる。

「酒の追加を頼みたい。入ってくれ」

「ひ……！」

音もなく襖が開き、中年の日本人男性と目が合った。

「いやぁ！」

肌を隠そうと腰にかかっていた打掛を慌てて上に引っ張る。だが逆に脚と結合部を大きくむき出しにしてしまうことになった。

「見ないでっ！　見ないでください！」

泣きそうになりながら、少しでも男の目から隠れようと真っ赤に染まる顔をバースィルの肩口に押しつける。バースィルの手が潤也の腰を押さえていて結合は解けない。

「どのような酒をお持ちしましょうか」

男の口調は不思議なほど普通だった。

「そこにあるものをまず飲み干してしまおうか。悪いが持ってきてくれないか、動けない」

「はい」

信じられない思いで体を震わせる。

猪口《ちょこ》を受け取ったバースィルが男に酌をさせ、喉を鳴らして酒を干すのを、目の前で動く喉仏を見ながら呆然と眺めた。

「どうした潤也。動いていいんだぞ。おまえの体を味わいながら酒を飲みたい」

馬鹿な。こんな状態で続けろなんて。

「ああ、この男のことなら気にするな。こんなことはここでは茶飯事だ」

「左様でございます」

男の声は淡々としている。本当に慣れているらしかった。

「よろしければ旦那《だんな》様。お連れ様は日本人とお見受けいたします。日本語で話していただくわけにはいきませんでしょうか」

潤也は目を見開いた。バースィルが日本語を話せるわけはない。つまり、潤也に日本語で喘げと言っているのだ。

「それは面白いな。俺も聞いてみたい。いいだろう。潤也、おまえの声をこの男に聞かせてやれ」

「ひどい……。どうして、こんなこと……」

震える潤也の唇をバースィルの親指がなぞる。

「おまえが悦ぶからだ。恥ずかしくしてやると感じるだろう?」

「違う……、違います、そんな……!」

「安心しろ。おまえに触れるのは俺だけだ。他の男には美しいおまえを見せてやるだけ。さあ、日本語で啼いてみろ」

「あ……!」

ぐり、と腰を回されて甘い痺れが走った。

『どうぞ、私のことは気にせずお続けください。旦那様がお待ちですよ』

数か月ぶりの日本語だった。旦那様、という言葉が倒錯的に耳に響く。バースィルはただ視線で潤也を促している。

その目を見ていたら、彼が楽しむなら……と思ってしまった。バースィルとはもうすぐ終わりなのだという気持ちが潤也を大胆にする。

最後に悦んでもらいたい。潤也も思いきりバースィルを感じて悦びたい。

傲慢で、強引で、意地悪な、この人が好きなのだ。

『恥ずかしい……、です。あまり見ないでください……』

自分の発した言葉にさらに顔が赤くなった。母国語は英語とはまったく恥辱の度合いが違う。しかも見ているのが日本人だからなおさらだ。

「新鮮だな。たまには言葉がわからないのもいい。ほら、もっと動け」

勝手なことを。と思う一方で、日本語であればバースィルにはわからないのだから好きと言えるのだと気づいた。

『好きです……、バースィル』

ずくん、と鳴った鼓動が甘い。

ぐっと腿に力を入れ、挟み込んだバースィルを締めつける。

『……っ、硬い。すごく熱くて、なか、溶けちゃいそう……』

できるだけ乱れたくて、感じるままつぎつぎに日本語を零していった。

『あ、ここっ、ここがいいっ……！』

口に出すごとに、潤也の頭の中を淫らな靄《もや》が満たしていく。だんだん意識は白く濁り、いつしか同郷の男の前で乱れる羞恥にのめり込んでいった。

冷静に見えた男の目が情欲を孕み、ごくりと息を呑む音が聞こえた瞬間、潤也の中でなにかが弾け飛んだ。狂おしいほど熱が高まる。

『あんっ、ああ、好き、好き、バースィル……！　は、あ……ぁあん……』

『お美しいです、花嫁様。旦那様がうらやましい……』

「美しいだろう、俺の潤也は」

日本語はわからないはずなのに、たまたま呼応する形になったバースィルの言葉にますます燃え上がる。自慢してもらっているのだ。自分が。

激しい快感に溺《おぼ》れ、下がっていく打掛を後ろ手で捲り上げて自ら繋がる部分が男の目に見えるようにした。

『もっと見て……！』

自分がバースィルを愛している様を。

でも触らせてあげない。自分はバースィルのものだから。見せてあげるだけ。

男の視線を感じながら、上気していく肌を惜しげもなく晒す。白い肌が桜色に染まり、黒い打掛と相まって潤也をこのうえなく美しく見せた。

ぴんと勃ち上がった小さな胸の粒を自分で弄ってみせる。喘ぎっぱなしの口端から蜜を垂らすほど感じてよがった。

「ほら、いく顔を見せてやれ」

後ろ髪を摑まれ、快感の涙でびしょ濡れになった顔を上げさせられる。

『あ……、いく……、も、ああっ、あ――――…っ！』

目の端で男の存在を捉えながら、潤也は愛液を迸らせた。

7

日本料理店で再び体を重ねてのち、バースィルは目に見えて優しくなった。夜は大事な恋人のように抱かれた。潤也が戸惑ってしまうほどだ。潤也がおとなしく自分を受け入れることに安心したのか、監視の目は徐々に弛んでいった。もう鎖に繋がれることもない。

だが潤也はルカの言葉を決して忘れたわけではない。

そしてとうとうチャンスは訪れた。

土曜、バースィルが特別クラスを受講するために留守にした隙に、潤也も部屋を出た。バースィルには部屋でおとなしくしているよう言いつけられていたが、日ごと募る自責の念が潤也を突き動かし、いても立ってもいられなかったのである。

バースィルが決闘で潤也を自分のものにすると公言したとはいえ、それは絶対的な効力を持つものではない。いつかカイ・ヤンが言っていたように、潤也は自室に帰れば誰でも一夜の恋をしていい存在なのである。

潤也が自室にいれば、きっと誰かしらが潤也を犯すはずだ。そうなればバースィルは潤也を汚れたと見向きもしなくなるか、専属でなければどれでも同じと、他の特待生も性欲処理の対象とするようになるだろう。

抱くにしてもいままでのように自分のベッドには連れ込まず、他の人間と同じように潤也の部屋で済ませ、帰っていくのだ。

想像すると胸が引きちぎられるように痛んだ。

考えるほどに悲しみで押し潰されそうになるのを、ぎゅっと唇を噛んでこらえた。特待生などという形でなく出会いたかった。そんなことを思っても詮《せん》ないけれど。

およそ一か月ぶりに自室の扉を開ける。バースィルの部屋で暮らすようになってからは、彼につき添われ一度必要な品を取りに来ただけだった。

久しぶりの自室はどこかよそよそしく、思っていたよりも狭く見えた。バースィルの特別室の広さに慣れてしまった潤也には不思議な気がする。こんなに狭い部屋であんなにたくさんの少年たちを相手にしていたのかと。

廊下に立って男を誘うのもおかしいので、部屋の扉を数センチ開けたままベッドに腰をかけた。惜しむらくは、土曜とはいえ、日中はクラブ活動や課題などで不在にしている生徒も多いことだ。誰かが潤也の存在に気づくだろうか。ひと月も不在にしていたのだから、部屋で待っているのは不毛かもしれない。バースィルが戻ってきたら潤也を探しに来るだろう。あまり時間がない。場所を変えた方がいいかもしれない。

そう思った瞬間に扉が開き、入ってきた人物を見て潤也は目を丸くした。

「ユーリ……！」

決闘でバースィルに敗れ、その後は姿を消していたユーリだった。

「久しぶりだね、潤也」

にっこり笑って近づいてくる。眼鏡の奥のうすい青に怯え、潤也は自然に尻をにじってベッドの上を後退してしまった。

「クリスマス休暇の前に一旦部屋を片づけに来たんだ。そうしたらきみがこの部屋に入るのが見えたから」

心臓がどくどくと嫌な音を立てて体の中で鳴り響いている。以前とまったく変わらない様子のユーリがかえって怖い。

ユーリは息がかかるほど間近に顔を寄せ、潤也の目を覗き込んだ。

「どうしたの？　ぼくが怖い？　大丈夫だよ、怖いことなんかなにもしないから。覚えてるだろ、ぼくがバースィルにされたこと。さすがにぼくもショックでね。本当はエーグル・ドールを辞めちゃおうかと思ったんだけど、クリスマス休暇明けから戻ってくることにしたんだ。しばらく休んだら落ち着いたし。でもあれで特待生の気持ちが少しは理解できたっていうか。だから、ひどいことしないよ」

潤也を見つめたまま、まばたきもしないのがおそろしい。潤也の背中を冷たい汗が伝った。

突然、ユーリの顔から笑顔が消え、上目遣いに睨むように潤也を見る。潤也の背中がぞくりと粟立った。

「許せないよね、ぼくの方がずっと潤也のことが好きだったのに。あいつが来なければ潤也といつまでも楽しく過ごせたのに。潤也だってそう思うだろ？　そうだ、潤也だってぼくのことが好きだったよね？　ねえ潤也」

潤也。潤也。潤也。

喉がからからに渇いていく。なにか病的なものを感じて潤也は後ずさった。しかし後ずさったぶんだけユーリは距離を詰めてくる。

「ねえ、ぼくを好きだよね？　潤也」

ごくりと唾を呑み込んで顎を引いた。

怖い……。

返事ができないでいると、ユーリは急にパアッと明るい笑顔を作って後ろに下がった。

「ごめんごめん。そりゃあ言えないよね。そんなこと言ったらあの乱暴者に殴られたりするんだろ？　可哀想に潤也、本当の気持ちも言えないなんて」

一人で話して一人で完結している。完全に自分の思い込みでしかないのに。

「本当はきみと遊びたいんだけど、こんなところをあの男に見られたらなにをされるかわからないよね。きみも早く戻るといい、他の生徒に見つかる前に。ぼくも荷物を持ったらすぐに行かなきゃならないんだ」

名残惜しげにユーリの冷たい指が潤也の頬を撫でる。

「またすぐに会えるから。寂しがらないでね潤也、かならずまたぼくと愛し合えるようになるよ。とても心強い人がついててくれるから」

「え?」

「ああ潤也。本当にもう行かなくちゃ。じゃあね」

ユーリは時間を気にしながら慌てて部屋をあとにした。ユーリが消えると、潤也はどっと脱力した。

足が震えている。ユーリの発言も気になるところだが、差し当たってはいま自分のすべきことを考えなければならない。それこそユーリの言う通り、バースィルに見つかる前に。

潤也はしばし考え、あそこなら人がいるだろうと一階のサロンに向かう。生徒たちが共同で使えるサロンにはソファとテーブルが並び、歓談や喫茶などに使われる。

思った通り、サロンでは三人の生徒が他愛ないおしゃべりに興じていた。

「潤也? 珍しいじゃん、ここに来るの」

潤也と同学年の少年が声をかけた。赤毛でそばかすだらけの、気のいい少年だ。

残りの二人は上級生で興味深げに潤也を見ている。とりたてて目立つところのない、普通の少年たちだ。彼らならいいかもしれない。

潤也はできるだけ艶めいた笑みを作りながら少年たちを誘った。

「暇だったら、ぼくと遊ばない?」

我ながら陳腐な誘い文句である。でも他に思いつかないから仕方ない。

三人が不審げに顔を見合わせた。視線にはありありと興味が浮かんでいる。

「ヒマっちゃーヒマだけどさ。あんたバースィルの専用だろ？　あいついいの？　それともなんかそういうプレイ？」

「ん、と……。実は内緒。ちょっとしたくなっちゃって……。やっぱ一人じゃもの足りないっていうか……。ダメ？」

上目遣いにお願いすると、三人がごくりと唾を呑んだ。

「あ、なんかいいね。俺、いまのきちゃった。ほんというとあんた可愛いし、ヤッてみたかったんだよね」

「俺も。学年違うからあとで味見しよって思ってたら、なーんか手ェ出し辛い状況になったから様子見てたんだけど。そっちがその気なら、なあ？」

最後は他の二人に向かって同意を求めた言葉だ。

「潤也。嬉しいな。きみを抱けなくて寂しいなって思ってたんだよ」

そばかすの少年が照れたように笑った。

三人を連れて部屋に戻るなり、一人が後ろから潤也を抱きしめた。

「ね、三人で一緒にしていいの？　一人ずつがいい？」

耳に吹きかけられた生暖かい息にゾッとした。久しぶりのバースィル以外の体温に体が拒否反応を示している。

なにをやってる！　この程度で怯《ひる》むな！

「三人で……、好きにして……」

「そうこなくっちゃ」

三人の少年は嬉々として潤也を脱がしにかかった。立ったままつぎつぎに制服を剝ぎ取られていく。

「すっげえ、肌めちゃくちゃきれい！」

「なんかいい匂いするな。なに使ってんの？」

六本の手が好き好きに潤也の体を這い回る。気持ち悪い。

「う……」

ちゅっ、と首にキスをされて顔を逸らした。

乳首をくりくりと転がされるが、敏感な皮膚をただ刺激されているという違和感しかない。

バースィルに触れられればあんなに乱れてしまうのに。

自然に逃げてしまう腰を捉えられ、前を開かれたズボンに手を入れて直接握り込まれた。

「あ、やだ……！」

つい声を上げ、前にいた少年の胸を押してしまう。

「ちょ、なに。初めてみたいな反応して。かーわいい、そういう煽り方すんだ？　なんか新鮮。舐めてあげようか」

膝までズボンを下ろされ、まだ兆してもいない雄をぱくりと咥えられる。ぬめる口内に呑み込まれ、気味悪さに背を反らしてわななないた。

「さすがにこれは感じる？」

ちっとも感じない。バースィルなら、口なんか使われなくてもすぐに昂ってしまうのに。

「んー、やりたいって割にゃあんま感じないな。もしかして突っ込んで中こねくり回してあげなきゃ勃たないタイプ？」

「は……、あ、うん。そう……。舐めるから、挿れて」

とりあえず抱いてもらうんだ。他の男に身を任せたという事実さえ作ってしまえばいい。

あとはバースィルに殴られて彼の部屋を追い出されるだけ――。

ベッドに座った少年の脚の間に身を滑り込ませ、ズボンを開いて男根を取り出す。バースィルに比べるとずっと幼い気がする小ぶりの性器だ。

いけない、なんでもバースィルと比べてしまう。

ふるっと頭を振って目の前の男根を見る。

先端からわずかに粘液が滲んでいるのに気づいて嫌悪感が湧いた。どうしてしまったというんだろう。慣れているはずなのに。

泣きたいような気持ちで、舌を伸ばして口を大きく開ける。大丈夫、いつもみたいにするだけだ。大丈夫、大丈夫、と自分に言い聞かせる。

震える舌先が先端に触れる直前、唐突にドアが開かれた。

「そいつから離れろ！」

バースィルが怒りも露わに部屋に踏み込んでくる。

「ひっ！」

一番ドアの近くにいたそばかすの少年の胸ぐらを摑み、荒々しく床に突き倒した。バースィルの迫力に気圧《けお》された残りの少年たちが慌てて立ち上がり、一歩後ずさる。

「ちょ……、待てよ！　誤解すんなよ、潤也から誘ったんだぜ！」

「そんなはずがあるか！」

「ほんとだって！　一人じゃもの足りないって言って」

バースィルは鋭い視線で潤也に問いただす。潤也はごくりと息を呑んだ。

少し早かったけれど、潤也が裏切った思われるには充分だ。こうなることを期待していた。だからこれでいいはず。

なのにどうして喉が引き攣れるんだろう。ほら、言え。ひと言でいい。

「本当です……」

バースィルの目が一瞬大きく見開かれ、そしてゆっくりと細められた。冷たい怒りが全身から溢れ出て潤也に向けられる。

さあ、怒って。そして二度と潤也には触れないと切り捨ててくれればいい。

「……そうか、もの足りなかったか。どうやら優しくしすぎたようだな。ならば望み通りひどくしてやろう」

「え……」

潤也の思惑とは異なった不穏な発言に、背中に氷を入れられたように潤也の背筋が冷たくなった。


「……っい、……は、ぁ、……っ、はぅ……」

ぎっ、ぎっ、と動きに合わせて逆さに吊られた潤也の体が揺れる。部屋にはとっぷりと濃い性の匂いが満ちていた。

潤也は金鎖に繋がれた片足首だけを高く吊り上げられた不安定な格好でバースィルに苛まれている。鎖の先は天蓋についているかぎ針だ。

片足だけ持ち上げられたせいで股は大きく割り開かれ、肩で支える体は重い。足首はとっくに痛みを通り越し、もう感覚すらない。

しかしそれよりも、与えられる快楽の方が大きすぎて気が狂いそうだった。

バースィルが潤也の股に跨って、上から腰を打ちつける。垂直に叩き込まれる男根の衝撃で、吊られた足首がぎりぎりと締まった。

「どうした潤也。まだまだ足りないだろう？　もっと啼いていいんだぞ」

「ああ……、いっ、また、いっちゃう……から……」

冷たく笑ったバースィルがさらに潤也の内奥を抉る。

「あ――ッ！　あああ、ああ、あああ、っ……！」

ほとんど逆さ吊りの体勢で、潤也は悲鳴を上げ続けた。潤也の敏感な個所を狙い澄まして擦られ、何度目かの放埒を迎える。

ぴしゃっと顎に温かいものがかかり、思わず目を閉じた。

とろりとした液体は潤也の顎を流れ、唇を割って口中に侵入する。生臭い味が広がり、自分の精液だ、と理解するまでに数秒かかった。

すでに潤也の上半身は精液でどろどろだった。自分が放ったもの以外にも、バースィルにつぎ込まれ、穴から溢れて背中を伝っている。シーツも濡れてぐしゃぐしゃだった。

ああ、こんなに汚して、またカイ・ヤン先生に迷惑をかけてしまう……。

朦朧《もうろう》とする意識の中でそんなことを考えた。

こんなことを望んでいたわけじゃない。バースィルに捨てられて、潤也は普通の特待生に戻るはずだった。バースィルは潤也に興味を失い、潤也は自分の恋心をいつか時間に任せて風化させ、それですべて丸く収まるはずだった。それなのに、ただバースィルを傷つけて怒らせた。

こんなはずじゃなかった……。

もう何時間責められたのかわからない。いまが何時なのかも潤也には判然としなかった。

「そうだ潤也。そろそろ腹が減っただろう」

一旦部屋の奥に行ったバースィルが、冷凍庫から出したなにかを手に戻ってきた。

太い棒のようなものと、あれは……すり鉢？

「おまえが日本食が食べたいというので取り寄せておいた。これは滋養にいいらしいな」

「ひぃっ！」

バースィルが手にしているものを見て、意識が引き戻された。

「な、なに……、それ、なにする……」

声が震える。

まさか……。

バースィルが笑いながら手に持ったものを潤也の眼前で振る。

「山芋というんだろう。日本人のくせに知らないのか。たっぷり食べさせてやろう。ただし俺に料理などできないから、せいぜいすりおろしてやる程度だが」

ピーラーで半分皮を剝いた山芋をすり鉢の中でくるくると回している。

「ふむ。冷凍しておくといいと聞いたのだが。あまりすれないものだな。まあいい」

山芋をベッドに転がし、すり鉢を手にバースィルが潤也の足に手をかける。

バースィルのしようとすることを正しく理解して潤也の顔が青ざめた。口に食べさせてくれるなんてことはないだろう。それの食べさせられる先はもちろん……。

「いっ、いやっ！　いやだあぁぁぁ……っ！」

がちゃがちゃと鎖を揺らして体を捩る。バースィルを遠ざけようと、自由な手と片足を懸命に振り回した。にもかかわらず、バースィルに力ずくで取り押さえられてしまう。体勢的にも不利な潤也に逃れる術はなかった。

バースィルはただでさえぱっくりと開いていた潤也の蕾の横を親指と人差し指で広げ、どろりとした山芋を流し入れる。山芋が触れた粘膜がちくりと痛み、流れ込んでくる冷たい感触にぞわぞわと鳥肌が立った。

「精液が溜まりすぎていて大して入らないな。どれ、かきまぜてやるか」

すり鉢を置くと、転がしていた山芋を手に取る。早くも潤也の粘膜が熱を持ったようにじくじくと疼き始めていた。

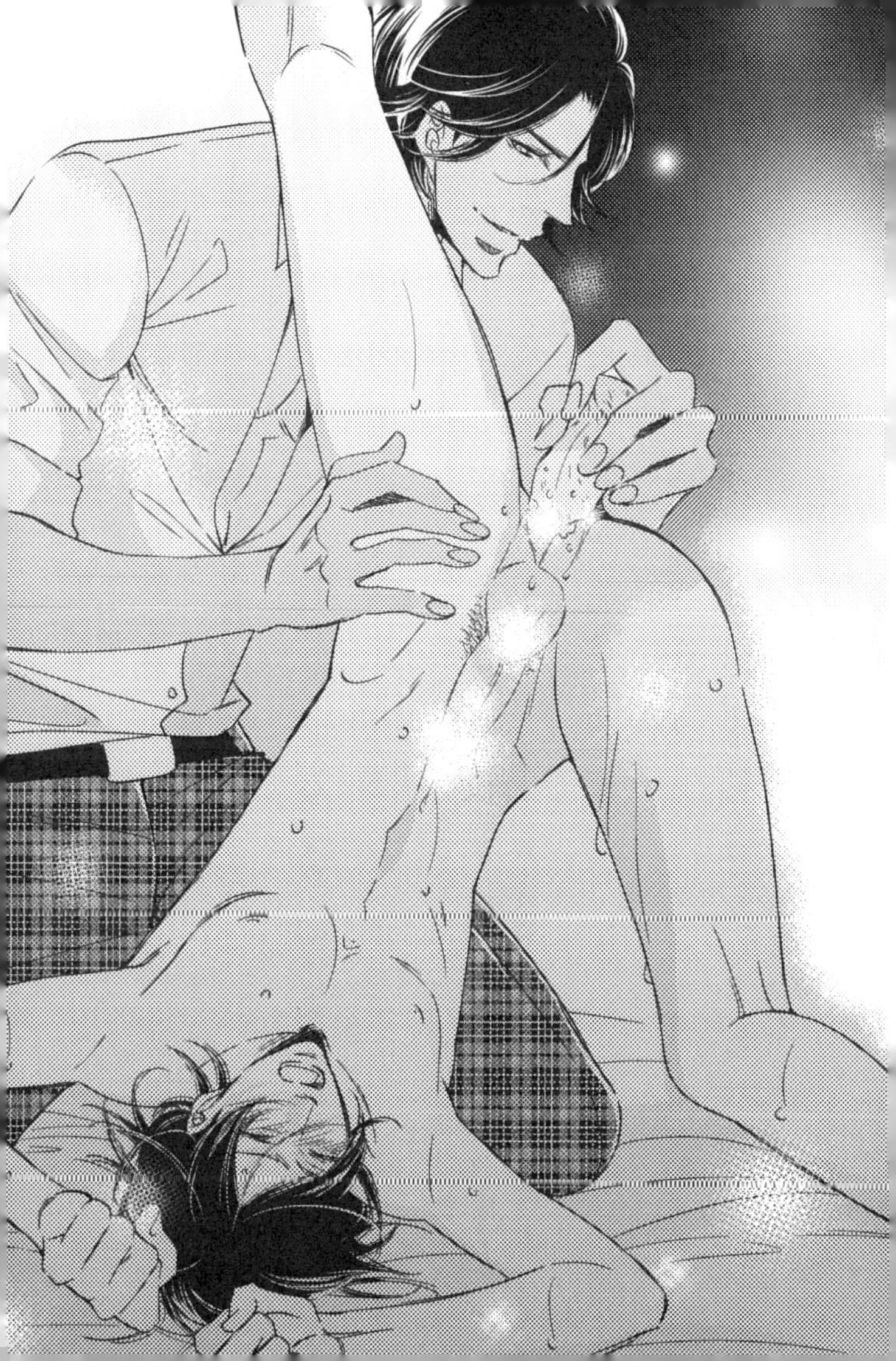

「やぁっ……！　やめて……、許してお願いっ！　待ってっ！　あ、ひぃぃぃぁぁぁ――ッ！」

　ずぷりと山芋が潤也の中にめり込む。

　冷凍された山芋の冷たさに内腔が驚き、ぎゅっと縮こまった。

「美味そうに食べるじゃないか」

　冷笑が潤也を打つ。だがそんなことを気にするよりも、強烈に痒《かゆ》みを持ち始めた粘膜に惑乱した。

「あぁっ、ああひぃっ、やだっ、やだ取って！　それ取ってぇ！」

　ぬちゃぬちゃとかきまぜられると粘つく液体が穴からとろりと滴った。潤也は激しく腰を捩って痒みから逃れようとする。痒みはあっという間に限界を超えて潤也を責め出し、腸壁全体が燃えるように痛んだ。ぬるついた山芋がずりゅずりゅと粘膜を往復すると、冷たさと痒さに大声を上げて泣いた。

「かゆいぃぃぃぃーーっ！　あーーっ、やめてぇっ！　あーっ！　あーっ！」

「そうか。やめてほしいか」

　バースィルがぴたりと手を止める。

　その途端、動くものがなくなった内腔の痒みが焼けつくほどひどくなった。

「あああーーーっ！　や、やだ、やめないでっ！　もっとっ、もっと掻いてぇぇっ！」

「なんだ。やめろというからやめてやったのに」

あまりの痒みに、腰を振りながら自分でぎゅうぎゅうと山芋を締めつけた。できるだけ山芋に触れてはいけないとわかっているのに、あまりにも痒くて、冷たさがよくてまた締めつけてしまう。そうするともっと痒くなる。でもやめられない。

終わりの見えない責め苦に、ぼろぼろと涙を零して懇願した。

「掻いてっ！　おしり掻いてっ！　かゆい、かゆいぃぃぃ……っ！」

空中で足をばたつかせ、バースィルの体に邪魔をされているせいで尻に届かない手でバースィルをひたすら叩いた。

実際は数分だったろうが潤也には地獄に感じられた長い時間のあと、ようやく山芋が抜かれて狂ったような思考の中で心の底から安堵する。続けて足の鎖を外されてやっと掻けると歓喜した。

どさりとベッドに落ちたとき、ずっと下向きだった頭から血が下がり、視界がぐらぐらと揺れた。でもそんなことより早くかき毟《むし》りたい。皮膚が破れるほど。

だがほんの少しも触らせてもらえないまま両手を後ろに縛られ、動きを奪われてしまう。

「どうして……っ？」

「指で掻いたら今度はおまえの可愛い指が痒くなってしまうだろう？　ちゃんと手を使わず掻けるものを用意してやった。あそこに」

バースィルの視線の先には、男根を模《かたど》った真っ黒の性具があった。床の上に置かれたそれは猛々しい形をもって上を向いている。

考えている余裕はなかった。ベッドから飛び降りて性具に向かおうとする。が、長時間吊られてすっかり血を失っていた潤也の足はまったく力が入らず、無様に転んでベッドから転がり落ちた。

「いっ……！　あつ、ぅ……」

それでもすでに限界を超えた痒みに突き動かされ、みじめな虫のように這いずって自分を慰めてくれる玩具に向かう。

「はひ……、はぁ……」

なんとか辿り着いても、膝ががくがくして立ち上がれない。

「バースィル……、バースィル……、お願い、座らせてください。ここ、おもちゃ、いれたい……」

涙でぐちゃぐちゃの顔を晒しながら、変わらずうす笑いを張りつかせたバースィルに懇願する。恥などという感覚はすでに潤也にはなかった。

「やれやれ、俺はおまえの願いに弱いようだ。手のかかるペットほど可愛いものだな」

バースィルは横から抱くように支えて潤也の体を持ち上げると、親切ぶった顔をして潤也の蕾を性具に当たる位置に持ってきた。

「あ……」

カクンと膝が崩れると同時に、硬いものが一気に潤也を最奥まで貫いた。

「あひぃいいーーーっ！」

脳天まで突き抜けるような刺激だった。

それだけでよだれを垂らし、ビクビクと背を反らして痙攣した。よすぎて怖い。

一度中を擦ってしまうと、もう止まらなかった。力の入らない腿を震わせてなんとか上下を繰り返し、ひたすら気が遠くなるような快楽を貪った。

「いいっ、いいっ、あひぁ、あ、あ、あ、あ」

潤也の孔から性具を伝い、ずるずると白い粘液が滴り落ちていく。

なにがなんだかわからなかった。痒みを慰めるにつれ潤也の視線は宙空を彷徨《さまよ》い、だらしなく開いた唇からひっきりなしによだれと獣のような喘ぎを漏らし続けた。

そんな潤也の狂態をバースィルはをただ笑って見ている。だが潤也にはなにも見えていなかった。

いつの間に自分が気を失ったのか、潤也にはわからなかった。

ふと意識が戻った瞬間、誰かの怒る声が聞こえた。部屋の中はうす暗い。

「やりすぎだ！　最近は大事にしているかと思えばこんな……！」

開け放したドアの向こうから聞こえる怒鳴り声はどうやらカイ・ヤンのものだ。バースィルはドアのこちら側に立っている。

「うるさい。もう用はない。とっとと医務室へ帰れ」

強引に会話を遮ったバースィルがドアを閉める。外ではカイ・ヤンがなにか言いかけたが、ドンと一つドアを叩いて歩み去ったようだった。

大股で部屋を横切ったバースィルは、イライラしながら奥のソファにどさりと腰を下ろした。深くため息をついて両手で顔を覆っている。とても苦しそうに見えた。

潤也は自分が全裸で両手両足に鎖をかけられていることに気づく。カイ・ヤンが薬を塗ってくれたのか、後ろに違和感はあるもののひどい痒みはもうなかった。体はきれいに清められている。腸内も洗浄してくれたのかもしれない。

ブランケットの下でもぞもぞと足を動かした。

どうしよう……。

目を覚ました瞬間から尿意をもよおしている。トイレに行くためにはバースィルにお願いして鎖を外してもらわなければならない。

いつまでも我慢できるものではなく、潤也は意を決してバースィルに声をかけた。

「バースィル……」

潤也が起きているとは思わなかったのだろう。バースィルはハッと顔を上げ、潤也を見て一瞬だけ辛そうに眉を寄せたあと、またきついまなざしで立ち上がった。

「なんだ」

「……トイレに、行かせてください」

バースィルは冷たい目をしたが、さすがにベッドで小便を垂れ流されては困るのだろう、なにも言わず鎖を外してくれた。

「あ……っ!」

ベッドから下りようとすると、膝が崩れて転びそうになった。とっさに手を伸ばしたバースィルが潤也の体を支える。

「あ、ありがとうございます……」

ふと、潤也を支えるバースィルの手に力が籠もった。どん、と押されて潤也は床に倒れ込む。驚いて見上げると、バースィルが怒りに顔を歪ませていた。

「どうして礼など言う」

さあ、と潤也から血の気が引いた。なぜかバースィルを怒らせてしまったらしい。

バースィルは強張って動けない潤也の首にリードつきの黒革の首輪をつけると、潤也を引きずって大きくドアを開けた。

「行かせてやる。ただし一階のサロンの横のトイレだ。どうせ立てないなら犬らしくてちょうどいい、両手両足で這っていけ」

「そん、な……」

「そうだ、こいつを忘れてはいけないな」

バースィルが取り出したのは小ぶりのアナル用ディルドだ。

「なにを……、いやっ！」

抵抗も虚《むな》しく、あっさりと埋め込まれてしまう。

「おまえみたいな淫乱には二十四時間突っ込んでおいてやらないと。また性懲りもなく男を誘うといけないからな。さすがに俺も四六時中嵌めてやることはできん」

ほら行け、と首輪を引っ張られて前のめりに倒れた。

どうやら時間は深夜を過ぎているようだが、土曜日の今夜はまだ起きている生徒もいるだろう。廊下はいつ誰がドアを開けるかわからないし、サロンには人がいるかもしれない。

後ろにディルドを咥え込んだまま這いつくばって。いくら潤也が特待生とはいえ、こんな姿を見られるのは屈辱がすぎる。

「せめて……、下着だけでも……」

許しを乞うようにバースィルを見上げたが、もちろん願いは届かなかった。もう一度リードを引かれ、よろけて前に手をついたときに諦めて顔を下に向けた。

誰にも会いませんように……。

動きの鈍い体でそろそろと廊下を進む。リードを手にしたバースィルの足が隣を歩くのを視界の隅で捉えながら、一歩一歩進むごとに潤也を苛むディルドの感触に唇を噛んだ。激しい刺激はないけれど、交互に脚を出すたび内腔に当たって体が火照る。穴から半分顔を出した玩具のせいで歩きにくい。

「……は、…っ、はぁ……」

馴染むにしたがってじわじわと快感が湧き上がってきた。つい自分のいいところに当てようと、左右に尻をひねりながら歩いてしまう。本物の犬のようにだらりと舌を伸ばして、はぁはぁと胸を上下させた。

あさましい自分がバースィルにどう見えるかと考えると、羞恥で目が眩《くら》むほどだ。

それでも抜くことは許されない。いい部分を掠めると出さないまま軽く達したような感覚があって、そのたびビクビクと体を震わせて止まった。

「しっかり歩け」

「ま、待って……」

もじもじと内腿を擦り合わせてしまう。弛く勃ち上がった先端から粘液が糸を引き、廊下に恥ずかしい汁が滴った。汗ばんだ体から湯気が立ちそうだ。

廊下の真ん中のエレベータに辿り着いたときはホッとした。廊下は静まり返って人が起きている気配はない。あとは一階のサロンに人がいなければ誰にも見られずに済む。だから油断していた。

光の点灯だけで到着を知らせたエレベータに、人がいるとは思わなかったのだ。

「ひ……！」

「うわっ⁉」

扉が開いた瞬間、驚いたのはあっちもだった。数人の学生が潤也を見て目を丸くし、潤也はとっさにはしたなく張りつめた局部を手で隠した。

「なにをしている。早く来い」

だが無情にもリードを引かれ、否応なく手をついて四つん這いになった。ディルドを覗かせる蕾も晒してしまう。

「うわ……、すっげ。玩具咥えたまま深夜のお散歩だぜ」

「やるぅ。俺もああいうのしたくなっちゃった」

「俺はあそこまではいいやぁ」

すれ違いざま少年たちの好奇の視線と声音が突き刺さり、羞恥で打ち震えた。

エレベータの扉が閉まった瞬間、こらえていた涙がぽろぽろと零れだす。

「もう……、もう、許してください……」

「許す？　なにをだ。おまえが望んだんだろう。優しさではもの足りなかったんだろう？」

「違います！」

「なにが違う」

「……っ、それは……」

楽をしてはいけないと思った。こんなふうに扱われるのもどこかで覚悟はしていた。でもそれはバースィルにじゃない。他の誰か。潤也のことを好きでもなんでもなく、ただの性欲処理として扱ってくれる、潤也自身もなにも思わない人にだ。

「あなたにじゃない……」

「……そんなに他の男がいいか」

血管が浮くほどバースィルの手がリードを握りしめたことを、下を向いていた潤也は気づかなかった。

「だが逃がしてはやらん」

エレベータが開き、再びリードを引かれる。

サロンはうす暗かった。空気にはかすかに精の残り香が漂っている。いましがたまで誰かがここで抱き合っていた証拠だ。さっきの学生たちだろう。

奥のソファで人影が一つ揺らめいた。潤也はびくんとして歩を止める。

「だぁれ？」

人影が声を発する。

キリル……！

「あれ、バースィル？　どうしたの、こんな時間に？」

足もとにうずくまっている潤也には気づかないらしい。いつもより少しだけ気だるげな口調で、キリルが事後なのだということがわかった。

「眠れないの？　する？　いまなら準備なしでオッケーだよ」

キリルは茶でも誘うように気軽に言う。

背面の窓から差し込む外灯の光で、ぼんやりとキリルの姿が照らされている。ブレザーはなく、シャツの前を大きくはだけたしどけない格好だ。

す、とバースィルが歩き出すと、ようやくキリルも潤也に気づいた。地面に這う潤也の姿を見て一瞬表情を消し、冷ややかにバースィルを見る。

「なんだ。なにか文句でもあるのか」

「べーつにぃ」

キリルは興味なさそうに窓の外に目を向けた。潤也を見ないようにしてくれたのだろう。

キリルは自分の立場も潤也の立場もちゃんと理解している。

特待生であればこのくらいの遊びにつき合わされる可能性は低くない。いちいち目くじらを立てる方がどうかしているのだ。

それでも、好きな人にこんな扱いをされるのはみじめでしかなかった。

エーグル・ドールはクリスマス休暇に入った。

学園は完全に閉鎖され、教師や特待生も含め、全員が家族の待つ故郷へと帰っていった。

潤也はバースィルと二人、市街の中心にそびえる由緒正しいホテルの最上階にあるペントハウススイートに滞在している。

とはいえ潤也は常にベッドに鎖で繋がれ、バースィルの許可がなければ手洗いも行かせてもらえない。完全に監禁状態だった。学園にいたときと違って授業もないので、二十四時間完全に拘束されている。

時間を問わずバースィルの気が向いたときに抱かれた。眠っているときにいきなり口に男根を押し込まれたり、自慰を強要されたりもする。

辛いのに、こんなふうに独占欲を丸出しにされるのを心のどこかで喜んでいる自分はおかしいのだろうか。苦しすぎてこの状態を快感にすり替えようと防衛本能が働いているのか。

「う……、あ……、ぅん……、は、ぁぁ……」

潤也は息も絶え絶えにベッドの上で身を捩らせていた。潤也の秘所に挿れられっぱなしのバイブの振動が潤也を苦しめている。太いばかりで単調な動きは射精まで行き着かない。達くこともないが、萎《な》えることもない。ずっと張りつめたまま、ぽたぽたと透明の蜜を零している。おそろしいほど甘く苦しい時間だった。

バースィルが潤也を抱いていないときは、ほとんどこうしてバイブを挿入されている。汗ばんで上気した体はピンク色に染まり、長い責め苦にすっかり敏感になっていた。シーツに触れているだけの背中すら感じてしまうほどに。

控えめな電子音が鳴り、ソファで雑誌を読んでいたバースィルが部屋の電話を取る。「わかった」とだけ返事をして短い会話が終わった。

間もなく部屋の扉をノックする音が聞こえ、二言三言会話を交わすとバースィルは小さなカードを持ってやってきた。潤也の上でひらひらと振る。

「キョウヤ・ジングウジ。おまえの兄で間違いないか？」

霞む視界には文字はよく見えないが名刺らしい。ぼんやりとした頭でも兄の名は理解した。かろうじて頷くと、潤也を苦しめていたバイブがずるりと抜かれる。

「はぅっ……！」

異物を失ってぽっかりと空いた孔に、体の一部を奪われたような不思議な感覚さえした。開いたままなのか閉じているのかも判然としない。

「起きてシャワーを浴びろ。兄と面会だ」

白く混濁した意識が一瞬で引き戻された。

8

潤也がシャワーを浴びてロビーに降りたのは、それからたっぷり一時間近くあとだった。体の調子もさることながら、兄に会うというのはおそろしく気が重い。部屋でバースィルに苛まれるのとどちらがマシかと考えたくらいだ。緊張で胃がキリキリと痛む。

潤也の普段着はあまりこのホテルにそぐうものではないので、ロビーに出るために仕方なく制服を着た。エーグル・ドールの制服ならばどこにいても見劣りはしない。

最上階から専用直通エレベータで一階まで降りる。エレベータホールに到着して扉が開いた瞬間、意外な人たちと鉢合わせした。

「あれれ、潤也？」

「キリル！　と、カイ・ヤン先生？」

キリルとカイ・ヤンが二人で上りエレベータを待っていたのだ。

「わ、潤也ここに泊まってたんだ。知らなかった。国には帰らないの？」

キリルが無邪気に潤也に抱きつく。潤也はそれだけでふらついてしまった。

「だ、大丈夫？」

慌てて腕を引っ張って支えてくれる。カイ・ヤンも反対から潤也の体を支えた。

「ごめ……、大丈夫。ちょっと調子悪くて……」

二人は探るように潤也を見る。カイ・ヤンが低い声で問う。

「もしかしてバースィルが？」

「あ、その……、はい……。で、でも大丈夫です、そんなひどいことされてないっていうか……。ちょっと盛り上がりすぎちゃっただけ、です……」

しどろもどろでいかにも嘘くさい。だがキリルは「ふーん」と軽く頷くと、

「いーいなぁ、ラッブラブ。おれも恋人欲しいなっ」

人なつこい笑顔を浮かべてカイ・ヤンの腕にくるんと自分の腕を絡めた。

おそらく潤也の嘘は見抜かれている。けれど賢いキリルはなにも言わず潤也に騙《だま》されてくれるのだ。

「それよりそっちは？　二人ともこのホテル？」

「うん。おれたちはこの時期、毎年同じ部屋に泊まってるんだよ。国に帰らないから。ねー」

キリルが腕を組んだまま、甘えてカイ・ヤンの肩に頭を乗せる。

「え、え？　もしかして二人、つき合ってる、の？」

意外だった。特待生が恋人を持ってはいけないわけではないけれど。

「ばーか。俺は生徒に手は出しません。ツインの方が安いからシェアしてんの」

「あ、そうなんですか」

「おれは別にエッチしてもいいけど。する？」

「お断り」

「ちょ……っ、なんでそんな、おまえとじゃ無理！　みたいに言われんの、おれ？　傷つくんだけど」

唇を尖らせるキリルは、同性の潤也から見ても心臓が高鳴るくらい魅力的だ。

「やるなら三年前からとっくにやってるっつーの。毎年同じ部屋に泊まってていまさらなに

言ってんだか」

「それもそーか。ま、いいや。おれも先生ぜんっぜん興味ないし」

「……傷つくんだけど」

二人のやり取りに思わず笑ってしまった。緊張で凝り固まっていた心が少し解《ほぐ》れる。

「ごめんね、兄が来てるんだ。もっと話したいんだけど。また、機会があったらおしゃべり

しよう」

バースィルといる限りそんな機会はないだろうけれど。

カイ・ヤンがふと眉をひそめる。

「……京也が？」

「兄を知ってるんですか？」

驚いた。いまの口調は明らかに兄と個人的に面識があるものだ。

潤也と京也が兄弟だということをカイ・ヤンが知っていたのも驚きだ。潤也の入学資料を見ればわかることだから不思議はないが。

カイ・ヤンは潤也の入学時に細かな身体データとともに家庭調査書なども見ているはずである。

「ああ、知ってるよ。同時期にエーグル・ドールに通ってたからね」

そういえばカイ・ヤンは卒業生だった。言われてみれば兄と同じ年くらいだ。

もしかして彼が潤也を気にかけてくれていたのは、兄の京也を知っていたからだろうか。兄弟でありながら兄とは違う特待生という身分で学園に入った潤也に、特別な背景があると考えて。

だんだんと潤也の頬に血が上っていった。

カイ・ヤンの目に潤也はどう見えていただろう。エーグル・ドールに通えるほどの家柄と財を持ちながら、なぜ特待生だと思ったろうか。潤也を不憫に思ったりしたのだろうか。もし兄と比較して潤也に同情を寄せてくれていたとしたら、ありがたくはあるが恥ずかしい。

「じゃあ、すみません。兄が待ってるんで」

ぺこりと頭を下げて歩きだした潤也を、カイ・ヤンは厳しい目で見送っていた。

潤也がロビーに出て辺りを見回すと、目的の人物はすぐに見つかった。ブラックスーツに気障《きざ》なオールバック。

間違いなく京也だ。姿を見ると胃の腑《ふ》がむかむかとする。

潤也は京也の座るソファから少し離れて声をかけた。

「お待たせしました」

三か月ぶりに会った兄は、優雅に紅茶を手にしながら潤也を迎えた。

兄の顔を見た瞬間、目も眩むような腹立ちが潤也を包んだ。

潤也を貶めた男。騙して体を売らせた男。

「どうしたんだい、潤也。久しぶりなのに怖い顔をして。さあ、そんなところに立ってないで、隣に座ってごらん。顔をよく見せて」

狐の笑いを模った仮面のようだと思った。見ているだけで腹の底が煮えたぎるようだ。

「なにをしに来たんですか」

「もちろん愛しい弟の顔を見にだよ。クリスマス休暇も日本には帰ってこないというじゃないか。おまえの母から聞いたよ。とても残念がっていた。だから仕事でこちらに来たついでに立ち寄ったんだ」

潤也はぎりっと歯嚙みした。どうせ顔を見て嘲笑いに来たくせに。

「積もる話もあるし、食事にでも出かけようじゃないか」

「ぼくに話はありません」

「そんなに冷たくするものじゃないよ」

京也はぐずる子どもを宥めるような声で話しかける。それがまた癇《かん》に障る。

「潤也。おまえの母の病気のことで話したいこともあるんだよ」

「母がっ？　母がどうしたんですか？」

自分の泣きどころを突かれて思わず反応してしまった。

「ここではちょっと。デリケートな話だから」

嘘かもしれないと思っても、潤也にはいますぐ確かめる術はなかった。入院中の母への電話は病院へかけて取り次いでもらわねばならず、しかもいま日本は真夜中だ。

どうしよう。バースィルに言ったらホテルの外に出るのは許可されないかもしれない。ロビーに降りてくるのだって相手が実の兄だから許してくれただけで、他人だったら部屋から出してさえもらえなかっただろう。でも母の話と言われればどうしても聞きたい。

「連れがいるんです。急にいなくなると心配するから断ってきます。行き先を教えてもらえますか」

「困ったな。実は予約してあるレストランの時間が押しているんだよ。おまえの支度にちょっと時間がかかったからね。ああ、責めているわけじゃない。急に押しかけたのは私だから。では向こうに着いてからすぐ電話するとしよう。おまえの部屋番号は知っている。私の名刺も渡してあるし、そんなに心配はしないだろう」

あまり納得できる言い分ではなかったが不自然というほどもなく、母の話を聞きたい欲求から京也の車に乗り込んだ。バースィルに反対されて行かせてもらえないより、あとでお仕置きをされても出てきてしまった方がいいのではという考えが掠めたのも否めない。それだけ潤也にとって母は大事な存在なのだ。

道中、車の中はほとんど無言だった。京也が二言三言話しかけてきたが、単純なおしゃべりに興じる気は潤也にはまったくなかった。

兄の顔を見たくないので窓の外に目を向ける。ほとんど学園を出たことのない潤也には、車がどこを走っているのかさっぱりわからない。大きな通りから数本入っただけで、道は極端に人が少なくなった。

車は古びた小さな劇場の前で停《と》まる。周囲には地元民向けの雑貨店や個人経営の小さな飲食店が軒を連ねていた。怪しい地域ではないという安心感が潤也の警戒を弛めた。

「さ、降りて」

この近所のレストランなのだろうと、疑いもなく車から降りた。

ところが京也に腕を引かれ、あっという間に劇場の入り口に連れこまれる。

「なに……っ?」

潤也の不安を煽り立てたのは、ここがすでに閉館していると思わせるものだったからだ。まずい、と思ったときはもう遅かった。

力ずくで京也に腕を引かれ、劇場の中に連れ込まれる。

「いたいっ！　離してください！」

抵抗するも、情けないことにバースィルに責められ続けていた体にはまったく力が入らない。やはり母の話なんて嘘だったんだと自分の浅慮に歯噛みした。

観音開きになった目の前の厚い扉をくぐるともう、潤也の声は外に聞こえなくなった。

引きずられるように階段を下り、ステージ下の小部屋へ引っ張り込まれる。ドサッと床に投げ出され、周囲に人の気配を感じてハッと顔を上げた。

「ふふ。また会えたね潤也」

「ユーリ……！」

どうして彼がこんなところに。いや、それよりも京也との関係は？

「会いたかったよ潤也。すごーくすごーくね」

ユーリの青い瞳が眼鏡の奥で細まる。

「どうして……ここに……？」

「潤也のことを諦められなかったから、お兄さんにお願いしたんだ。潤也に会いたいって。そうしたら協力してくれてね」

「どうやって……」

潤也の身元を調べたのか。エーグル・ドールでは生徒の個人情報を他の生徒が知ることはできない。自分で他人に言わない限り。希望があれば偽名を名乗れるほどだ。入学資料を閲覧できるのも限られた教師だけである。

たしかに他の生徒はかなりオープンに自分の出自を明かしている者もいたが、潤也は誰にも言ったことがなかった。バースィルのような立場がある有名人ならともかく、神宮寺家とはいえ未成年の潤也の情報は、簡単に調べられるほど流出してはいないはずだ。

ユーリはくすくす笑って潤也の前に屈《かが》み込んだ。

「どうやって潤也のお兄さんのこと知ったのかって？　不用心だね潤也。机の中に大事なものを入れちゃいけないって言われなかった？　特待生の部屋には鍵がかからないのに。手紙やパスポートなんてもってのほかだよ」

そういえば自室の机の中に母からの手紙やパスポートが入っていた。でも、まさか人の机を開けるなんて思わなかったのだ。裕福な家庭の子弟にとって魅力的なものが潤也の机に入っているはずはないのだから。

「いつもきみが気を失ったあと、少し覗かせてもらってたんだ。あ、誤解しないでね、盗もうなんて気持ちはなかったから。ただ潤也のことが大好きだからいろいろ知りたかったんだよ」

そんなことをされていたのかと薄気味悪くなった。寝ている間に体を暴かれたような不快感だ。

「あの男が卒業したらつぎはぼく専用にしてあげる。でも今日はとりあえず楽しく遊ぼうよ。久しぶりに潤也と遊べると思ってすごく楽しみにしてたんだ。ね、京也さん？」

「よかったな潤也。こんなに思ってくれる同級生がいておまえは幸せ者だ。でもユーリ、約束通り、最初は私だぞ」

「わかってるって。でも遊ぶぶんにはいいんでしょう？」

「構わない」

会話が頭を上滑りして入ってこない。京也はいまなにかおそろしいことを言わなかったか？

呆然としている間に床に引き倒され、京也の手によって潤也の手首が頭上に纏められた。潤也の脚の間を陣取ったユーリの湿った手のひらがシャツの裾から中に潜り、胸を忙《せわ》しなく行き来する。ズボンのウエストから突っ込まれた手が潤也の陰茎を握り込んだ。

混乱した潤也の頭にやっと京也の言葉が到達する。

――〝最初は私〟？

「……やだ！　いっ、いやだあぁあああぁあぁっ‼」

あまりのおぞましさに腹の底から声を張り上げる。

京也が潤也を？　そんなおそろしいこと！

「ん？　どうしたの急に暴れだして」

「やだっ！　京也さん、やめて！　そんな、そんなこと……っ！」

叫びながらもがき暴れる潤也の体を、二人がかりで楽々取り押さえる。少し前までバースイルに嬲られていた体にはほとんど力が入らない。

「寝てるとフェラしてもらいにくいかなぁ。起こしてもらっていい？　京也さん」

「ああ」

潤也が嫌がるのは完全に無視して、京也が潤也の両腕を後ろ手にひねり上げて上体を起こす。潤也は悲痛な声で懇願した。

「やめて！　お願い京也さん！」

のこのことついてきた潤也が悪いと言われればそれまでだが、いくら京也でもまさかこんなことまでするとは思わなかったのだ。せいぜい、特待生になった潤也を視線と言葉で侮辱して嘲笑う程度だろうと。

「さあ潤也。私に〝勉強〟の成果を見せておくれ。真面目《まじめ》なおまえのことだから、さぞ熱心に勉強しただろうな？」

兄の悪意にあてられて言葉を失った。

「あはは、じゃあ保護者の許可もいただいたところで、安心して遊ばせてもらおうかな。あ、京也さん、まだ制服は脱がさないで。汚して楽しみたいから」

「なるほど」

京也は後ろ手に潤也を拘束したまま、床に膝をつくポーズを取らせる。ねじられた腕の痛みで易々《やすやす》と跪かされた。

ユーリが潤也の前に立ってペニスを取り出す。それから潤也の両まぶたに親指を乗せた。視界を塞がれて原始的な恐怖が潤也を襲う。

「はい、あーん。わかってると思うけど噛んだりしないでね。信用してないわけじゃないんだよ？　でも久しぶりだからおイタされるといけないし」

ユーリの親指が軽く圧をかけて、まぶたの上から潤也の目玉をぐりぐりと押す。目の裏に火花が散った。噛んだら潰すぞ、と脅されていることがわかり、背筋が凍りつく。

怖々口を開けると、ぬるついた粘液が滲む亀頭を口中に押し込まれて吐き気がした。目が見えないぶん、ダイレクトに男を味わってしまう。

嘔吐感をこらえながら根元まで呑み込み、ユーリの感じる箇所を舌で責め立てた。頭を上下して出し入れするのは自分で目を潰してしまいそうでできない。

「う……、あ……、すご、ああ……、すごい気持ちいい……。やっぱ潤也、いい……」

潤也の腕を押さえる京也の手にグッと力が籠もった。折り曲げられていた腕を真っ直ぐ後ろに伸ばされ、両手首をひと纏めにして片手で摑まれる。

「ほら、私のも触るんだ」

潤也の肩に手を置いて体を寄せてきた京也の体温が背中にべったり張りつき、興奮した息が耳に吹き込まれる。手のひらに生暖かくしっとりとした肉塊を乗せられて気味悪さに総毛立った。実の兄の怒張を触らせられるなんて。

それでも目を潰される恐怖から、不自由な手でゆっくりと男根を擦り始める。

「ふっ、さすが淫売の手だ。柔らかい」

弟にこんなことをさせてなんとも思わないいんだろうか。背徳感に自分の精神が黒く染まっていく錯覚を覚えた。

動けないために飲み込みにくい唾液が唇から滴る。顎を伝い、ぽたりと床に落ちた。

「ああ……、すごいよ潤也、喉の奥できゅうきゅう締めて……。すごくいい……、あ、もたないかも、出すよ……っ、っ、っ、ほらッ！」

ユーリが極めると同時にグッと眼球に圧がかかり、指を離された瞬間失明の恐怖から本能的にまぶたをカッと開いた。つられて口も大きく開く。何重にもブレてチカチカと光る視界が落ち着く間もなく、ぼたぼたと白濁が落ちてくるのを顔面で受け止めさせられた。ジャケットの胸についたエーグル・ドールのシンボルであるエンブレムも汚されていく。

気味悪い生暖かさに、開いたばかりの目をギュッと閉じて頭を振った。

「はーい、上向いて。記念撮影」

ぐい、と後ろ髪を掴まれ、精液にまみれた顔を上向かされる。ぱしゃ、ぱしゃ、と軽い音が聞こえ、ユーリに写真を撮られているのがわかった。

「ちゃんと勉強していたようだな、潤也。大変よろしい。兄として誇らしいよ。ではつぎは体の学習能力も見せてもらおう」

男二人に押さえつけられれば抵抗もかなわず、あっという間に全裸に剝かれてしまう。

ユーリが潤也を抱え上げ、椅子に座った自分の膝の上に乗せた。膝裏をすくわれて大きく股を開く恥ずかしいポーズを取らされる。

正面に立った兄に向かって恥部を晒す屈辱に脳が溶けてしまいそうだ。ユーリが持っていたカメラを、今度は京也が手にして潤也を撮影した。フラッシュに照らされるとビクッと体が動く。何枚撮られても恥ずかしさは消えない。

「さぁて、ほんとは尿道責めして白目剝くまで虐《いじ》めてあげたいんだけど、ぼくも早く潤也の中に入りたいんだよね」

見たこともないようなグロテスクな玩具が開いたスーツケースから覗いているのを、潤也も気づいていた。玩具好きのユーリが用意したものだろう。

「ぼくたちと会う前にどんなやらしいことしてたのかな？　潤也の可愛いお尻はもうすっかり準備できてるみたいだね。ほら、京也さん」

潤也はびくりと震えてふるふると首を横に振る。これから兄にされることに比べたら、バースィルとの行為への揶揄など吹き飛んでしまった。

おそろしいのについ京也を見てしまう。京也の蔑んだ表情に欲情の色が通り過ぎるのを否定するように、怯えながらひたすら首を振り続けた。

京也が上着を脱ぎながらゆっくりと近づいてくる。

「や……、やだ……、それだけは……、ゆる、ゆるして……」

半分しか血が繋がっていないとはいえ兄弟で。そんなのは神をもおそれぬ所業だ。

「そんなに怯えることじゃないだろう、潤也。兄としておまえの勉強の進み具合を確かめたいだけだ。私の代には双子の特待生もいたんだよ。同じ顔の子を二人で睦み合わせるのはとても興奮したよ。それに比べたら片親が同じなんてどうってことないだろう？」

そんなはずはない。本能が嫌がっている。細胞レベルで受け入れられないと体が叫んでいるのだ。

だがあの学園で四年間を過ごした京也の性に対する感覚は、潤也のそれよりもずっと乱れているのだろう。禁忌を禁忌と思わないほどに。

「ひ……っ」

潤也の頰を撫でる京也の手の熱さにゾッとした。京也の瞳に愉しげな光がきらめく。

「でも私も鬼じゃない。どうしてもおまえが嫌だというなら、やめてやってもいい」

縋るように京也を見る。

こんな狂ったことをやめてくれるならなんでも従う。

「さっき撮った写真、おまえの母にプレゼントしようと思っている。息子が立派に勉強に励んでいる姿を見せてあげようと思ってね。泣いて喜ぶだろうな」

潤也の目が驚愕《きょうがく》で見開かれた。息が止まってしまったように声も出ない。

世界中に写真をばらまかれたとしたって、母にだけは見られたくない。

「好きな方を選ばせてあげよう。私か、母か、どちらに勉強の成果を見て欲しい？」

色を失った潤也の唇がわなわなと震えている。

酷薄な笑いを浮かべる京也を見つめながら、潤也の目からぽろぽろと涙が零れ落ちた。

「そんなに……、ぼくが嫌いですか……」

「まさか」

京也はくっと笑った。

「おまえが子どもの頃から大好きだったよ、潤也。誰よりも愛らしくて人形のようで……知らなかったろう？　いつかこうしたいと思っていた」

ずっと兄には嫌われているんだと思った。色事に疎かった潤也には嫌悪の表情に見えていたが、いつも粘つくような視線で潤也を眺めていたのは、欲望を持っていたからだったのか。でもどうして気づくだろう。同性なのに。ましてや血が繋がっているのに。

「可愛くて可愛くて、おまえをめちゃくちゃにしてやりたかったよ。もっと早く特待生としてぶち込みたかったのに……。父がいなくなってやっと叶えられた。可哀想に潤也。たくさんの男に弄ばれて辛いだろうね。でもおまえがいけないんだよ、母から親父を寝取っておきながら堂々と家に居座った淫売の息子なんだから。ただでさえ罪深い子がこんなに汚れて、もうまともな愛なんて望めないだろうな。……でも心配ないよ、私が愛してあげるから」

ゆっくりと潤也の頬を撫でる兄が異世界の存在ようだ。憎しみと歪んだ愛情が混在して京也をおかしくしているとしか思えない。

「卒業して日本に帰ってきたら私の愛人にしてあげようか。そうすればおまえも生活の心配はいらない。安心だろう？　さあ、どうするんだい、潤也？」

「京也さん……、兄さん……」

最後の願いをこめて、血の繋がりに目覚めてはくれないかと兄と呼んだ。

「ああ……、いいね潤也。セックスをするなら兄と呼ばれた方が倒錯的で楽しい」

絶望的な気分で京也を見た。どんなに懇願しても無駄だと悟った。これは人の皮を被った獣だ。いや、悪魔だ。

いまここで舌を嚙んでしまいたい。けれどそんなことをすれば日本にいる母がどんなことになるか。母のために、耐える以外の選択肢はない。

「……本当に、写真データを消してくれますか？」

「もちろん。終わったらこの場でカメラを壊してやってもいい」

そんな口約束は信用できたものではない。でも信用するしかないのだ。どうしたって母に知られることだけは避けたいのだから。

目を閉じて、血が滲むほど唇を噛む。

ふと、潤也の脳裏にバースィルの言葉が浮かんだ。

――他の男に体を許したら殺してやる。

急速に、狂おしいほど恋しさが募った。胸が締めつけられて体の中から熱い迸りが湧き出してくる。

彼はそう言っていたのに。潤也を失うくらいなら殺してやると。そんな彼が、潤也を手放すはずはなかったのに。

抱かれたいのはバースィルだけだ。いっそ殺してほしい、こんな男に汚される前にバースィルの手で。

あの部屋に帰りたいと心から思った。バースィルと自分だけで満たされた幸せな場所から、どうして出てきてしまったんだろう。

もう一度戻れるなら、自分で鎖を繋ぐから。がんじがらめに縛りつけて閉じ込めて欲しい。あそここそが、自分をバースィル以外のものから守る唯一の、愛しい空間だったのだ。

それももう叶わないけれど。一番汚い形でバースィルを裏切るから。それとも潤也を殺してくれるだろうか。だったら嬉しい。

こんなときなのに、バースィルに鼓動を止められる自分を思ったら、かすかな幸福感に包まれた。

長く息を止めて、目を開いた。

「京也さん……、抱いて、ください……」

かちゃりとベルトを外す音がして、京也が自分の雄全体を露わにした。初めて見る京也の男。細長いけれど先端が双葉のように開いていて、きっと体の中のいろいろなところを引っかけて潤也を泣かせるのだろうと思った。

雄の先端が潤也の秘所に当てられる。

「兄と呼びなさいと言っただろう」

ユーリの声が楽しげに跳ねる。

「あはは、お兄ちゃん気持ちいい、って？　あ、それともお兄ちゃん痛い！　の方が燃えるかな。どっちがいいと思う、潤也？」

もう抗《あらが》う気力なんか残っていない。なんでもいい。ただこの狂った時間が早く終わってくれればそれで。

「兄さん……、抱いて……」

ヒューッ、とユーリが口笛を吹く。

いやらしい笑みに歪んだ京也の顔が間近に迫る。潤也の蕾に当てられた体温が、グッと力をこめて蕾を割り開こうとしたときだった。

唐突に扉が開き、男が飛び込んできた。室内の全員の視線が扉に集まる。

「誰だ⁉」

京也が叫ぶ。

——どうしてここに？

信じられない思いで、真っ直ぐ潤也に向かって力強く歩いてくる姿を見た。この人がいれば大丈夫だと、無条件で潤也に思わせてくれる男。

「バースィル……！」

バースィルはぎらぎらと目を光らせた闘神のような顔つきで、潤也に被さる京也を睨み据えている。バースィルの気迫に気圧された京也が潤也から離れて服を整えるより早く、バースィルが京也を殴り倒した。ゴッ、と鈍い音がしてこめかみを裏拳打ちされた京也の体は、横向きに転がって机にぶつかった。

バースィルは奪うように潤也を引き剝がすと、射抜くようにユーリを見下ろした。

「貴様か……、性懲りもなく」

バースィルは長い脚で円を描くようにユーリを椅子から蹴り倒す。鮮やかすぎて目が追いつかないほどだ。空気を切り裂くような軽やかな動きに、ユーリは体重がないかのように吹っ飛ぶ。ユーリは派手な音を立ててキャビネットにぶつかり動かなくなった。気を失ったらしい。

唸り声を上げて上体を起こした京也を、バースィルはもう一度殴り倒した。京也は勢いで壁にぶつかって、そのままずるずるともたれかかる。

「潤也は俺のものだ！」

潤也にとってこのうえなく甘い宣言に胸の奥から熱いものがこみ上げてくる。気づくといつ来たのかカイ・ヤンがコートを脱いで潤也に着せかけてくれていた。

京也は潤也たちを睨みつけている。

「怖かったねえ、潤也。もう大丈夫だよ」

「カイ・ヤン先生……」

ぽんぽん、と背中を叩かれて、あらためて浮かんだ恐怖にがくがくと膝を震わせた。縋るように伸ばした潤也の手を握ってくれたカイ・ヤンの手が温かい。

「カイ・ヤン……？」

壁に背を預けたままの京也がカイ・ヤンをじっと見る。

「おまえ……、カイ・ヤンか。双子の片割れの……」

「お久しぶり、京也。もう俺育ちすぎてあんた好みじゃなくなったかな」

カイ・ヤンは京也に向かってにっこり笑った。

「双子の……？」

さっき京也が言っていた双子の特待生。まさか、カイ・ヤンが……。

「まだここ使ってたんだねえ京也。懐かしい。俺も何度か連れてこられたことあったっけ。

あんま楽しい想い出じゃないけど。でもおかげで潤也のされそうなことの予想がついてよかったよ。エッチと同じでワンパターンでありがとう」

にこやかに斬《き》り捨てるカイ・ヤンに、京也はキッと表情を尖らせた。

「で、紹介しまーす。こちらバースィル＝ビン＝シャムデーン王子。潤也の恋人になります」

「……シャムデーン？……まさか！　聞いてないぞ、そんなこと！　潤也を独占している男がいるとしか……しかも王子？　恋人だと？」

京也の目がこれ以上ないほど開かれた。

バースィルがカイ・ヤンの腕から潤也を奪い、胸に抱き寄せる。

「これは俺のものだと言ったろう」

グッと髪を摑まれ、いきなり唇を塞がれる。

一切の抵抗を許さない、支配者の口づけだった。食いちぎるように荒々しく潤也の舌を嚙み、熱い舌でかきまぜて自分に染めるように口内を蹂躙する。貪られる快感に体中が震えた。嵐のような口づけを通して情熱が流れ込んでくる。周囲に見せつけて、これは自分の所有物だと宣言しているのだ。

息継ぎも許されない激しさに翻弄され、肉食動物に貪られる被食者の恍惚で夢中で舌を差し出した。ああ、自分はこの男のものなのだと、心から思った。

唇が離れると同時に縋りついた。

「帰りたい！　バースィルの部屋に帰りたい！」

そしてこの体を鎖に繋いで。

「当たり前だ、もう逃げられると思うな」

傲慢な口調に背筋がぞくぞくと痺れた。

「じゃ、このカメラは没収ってことで」

カイ・ヤンが抜け目なくカメラを手に持つ。京也は上目遣いに二人を睨み上げながら、ギリッと唇を噛んだ。

「ああ京也、わかってると思うけど。ご存じシャムデーンは神宮寺の重工業の大口取引相手だよねえ。これ以上バースィルの機嫌を損ねないほうがいいよ」

「……わかってる」

京也はギリギリと奥歯を噛みながらしぼり出すように返事をした。

「言うまでもないけど、潤也のこともね。バースィルの前で二度とこんなことしないって約束して。潤也が不利になるようなことも」

「わかった……。約束する」

言葉はひどく苦々しく、噛みしめた歯の間から漏らすような声はとても聞き取りにくかった。

バースィルはゆっくりと京也に歩み寄ると、高い位置から見下ろした。

「ここで俺がおまえを殺しても、廃屋に迷い込んだ外国人がたまたま殺されてしまった不幸な事件として片づけることが、俺にはできる」

ザッと京也の顔から血の気が引いた。

バースィルの殺気は偽物ではない。京也とてひと通りの格技を習っているはずだが、所詮《しょせん》は遊び程度。さきほどのバースィルの動きを見れば、大人と子どもほどの差があるのは明白である。抵抗もできずに嬲り殺されるだろう。

「ま……、待ってくれ！　そんなことが許されるはず……、目撃者だって……、な、なあ潤也！　カイ・ヤン！」

カイ・ヤンは軽く肩を竦める。

「俺たちが黙ってればわかんないってことだよねえ？　ユーリは気絶してるし、なんなら場所変えても？」

京也の顔がますます青ざめる。

「潤也！　わ、悪かった！　許してくれ、二度とこんなことはしない！　特待生の違約金も払う！　おまえの母も面倒をみる！　だから……ぐげっ！」

ドゴッ、と鈍い音が響いて、京也の腹にバースィルの足がめり込む。京也は大口を開け、目玉が飛び出さんばかりの表情で一瞬固まったあと、吐瀉物《としゃぶつ》をまき散らしながら床に転げた。

バースィルの長い脚が容赦なく京也の背中に打ち下ろされようとする。

「待ってください！」

潤也がバースィルの背に縋った。

「そんな人でも兄なんです。もう……」

「この程度で許せるのか、おまえには」

男娼《だんしょう》として堕《お》とされて、兄弟でありながらレイプされかけた。自分がされたことは許しがたいけれど、特待生にならなければバースィルと出会うこともなかった。

「京也さん。さっき言った言葉、本当に守ってくれますか？　特待生の違約金を払って、母の面倒を？」

京也は吐瀉物混じりのよだれを床に引きずりながら頷いた。

「ま……、守る……」

ならば。

潤也は目線だけでバースィルに訴えた。

「甘いな、おまえは。違約金でもなんでも俺が出してやるものを」

「いいんです、これはぼくと京也さんの問題ですから」

バースィルはしばらく潤也を見つめていたが、ため息を一つつくと踵を返した。

ほ、と京也が安堵して緊張した体をぐったりと弛める。その瞬間、振り向いたバースィルが京也の背を蹴り下ろし、ぎりぎりとにじる。

「ぐあっ！　いっ……！」

「必ず守れ。そして二度と潤也に関《かか》わるな」

それだけ言うと、今度こそ本当に背を向けて扉に向かった。

カイ・ヤンが先に歩いて観音扉を開く。バースィルが潤也の体を支えながら扉をくぐろうとしたとき、室内をちらりと振り返った潤也の目に、至近距離でユーリがナイフを構えているのが映った。

危ない！

思ってもとっさに声は出ず、隣にいたバースィルを体ごと突き飛ばすのと二の腕に熱い痛みを感じるのは同時だった。

どん、と背中にユーリがぶつかり、腕の痛みと相まってユーリと一緒に前のめりに転げてしまう。ぎゅうと押し潰され、重みと痛みで混乱した。

怒号となにかが倒れる音、叫び声。ユーリの下敷きになっている自分は苦しい。腕が痛い。もがくユーリの背がぐりぐりと潤也を床に押しつけるので息ができない。

ようやっと重みがどいたとき、潤也は大きく息をついて床にぐったり倒れていた。

「潤也！」

バースィルが潤也を抱き起こす。

「大丈夫です……。腕だけで、あとはなんとも……」

痛む腕を見てみると、一本線を引いたような赤い切り傷ができていた。大した怪我ではない。

「バースィル！　人の心配より自分を！」

カイ・ヤンが怒鳴る。

驚いてバースィルを見ると、服がざっくりと破れて脇から血を流していた。カイ・ヤンが当てたハンカチが見る間に血に染まっていく。

「バースィル……！」

「大丈夫だ。おまえが突き飛ばしてくれたから横に逸れた」

うめき声が聞こえて部屋を振り返ると、殴られて鼻と口から血を流したユーリが床に倒れて悶えている。

バースィルが小部屋の中を睨《ね》めつけると、呆然としていた京也はぶんぶんと首と両手を横に振った。

「私じゃない！　私は知らなかったんだ、こんなっ。潤也を呼び出すだけだと……。王子を狙ったのはユーリが勝手にしたことだ！　私は関係ない！」

それは本当だろう。さっきの兄の態度から見て、バースィルが潤也と関わりがあることも知らなかったらしいから。

「行こうバースィル、潤也。手当をしないと。ここは放っといても京也がなんとかするよ。ね？」

カイ・ヤンが冷ややかに同意を求めると、京也はがくがくと首を縦に振った。

外に出ると、車に寄りかかって待っていたキリルが抱きついて潤也を迎えた。

「キリルまで！」

「心配したよ潤也、無事でよかった。でもバースィルは無事でもないのかな？　乗って。病院に行こう」

バースィルが診察を受けている間、カイ・ヤンが事のいきさつを説明してくれた。キリルはカイ・ヤンの隣で静かに腰かけている。

「京也は学生時代からああいうとこあってねえ。潤也を連れてホテルを出たとき気になってキリルにあとをつけてもらったんだ。普通に出かけるだけならよし、そうでない場合は……。案の定、あそこで車停めたって聞いてマズイなと」

カイ・ヤンが言うには、京也は学生時代からあの劇場の小部屋でいかがわしいことをしていたようだ。あそこは京也の知り合いの持ち物で、京也は自由に出入りしていたという。

「で、俺はバースィルの部屋に行って潤也が攫《さら》われたことを話したってわけ。いやー、見せたかったよ、バースィルの慌てぶり！　兄だから油断してたってそりゃあ悔しがって」

本当に愉快そうにカイ・ヤンは笑った。

「でもね」

ふと真面目な表情に戻る。

「潤也を大切にしないなら場所は教えないって言ったんだ」

「大切に……？」

こくりとカイ・ヤンが頷く。

「愛にいろいろな形があるのは知ってるけど、相手が望まない行為を押しつけるのは違うと思うからね。例えば体を欠損するような愛し方だって、お互いが納得していればいいんだ。けど、強要されるのは違う」

一旦言葉を切って。小さな声で呟いたのは独り言だったか。

「そういうのはもう、見たくない……」

ふっと遠い目をしたカイ・ヤンはなにを思い出しているのだろう。

双子の特待生。きっと潤也には想像もつかない葛藤があったに違いない。

「……特待生という制度を失《な》くすことはできないんでしょうか」

ぽつりと潤也が呟くと、キリルとカイ・ヤンは一瞬だけ視線を合わせ、二人の間で意思を通わせたようだった。

カイ・ヤンが潤也を真っ直ぐ見据えた。

「潤也の気持ちはわかるよ。俺だって口が裂けても特待生になれて嬉しかったなんて言わないけど、少なくとも俺と弟が特待生になったことで、妹たちを売らずにすんだことだけは感謝してる。辛さは別にしてね。奨学金のおかげで一家心中を回避できたり、卒業後に自分の会社を起こしたりした人間もいるし、考え方次第という面もある」

そう言われてしまえば、潤也だって母を入院させてやれて、少なくとも安心はできた。

「もちろん、体や心を壊した子も、自暴自棄になった子もいるさ。決して特待生という制度を肯定してるわけじゃないよ。いずれこんな歪んだことはなくなると信じてる。本当は、どんな理由があっても嫌々体を売るなんてあってはならないんだ。でもね……」

わかってる。世の中がきれいごとばかりじゃないことは、潤也にだって。

「それに、中には自分の意思で特待生でいる者もいる」

「え？」

キリルが自分を指差した。

「おれみたいなね」

潤也が瞠目すると、キリルはにっこりほほ笑んだ。

「おれはね、ほんとに男がないとダメなの。病気みたい。家族も持て余してたんだ、おれのこと。だから望んでここにきた。少なくともおれは好きでこうしてるんだよ。おれの家、お金に困ってないもん」

キリルが言っているのが強がりでもなんでもないのがわかる。カイ・ヤンは潤也に言い聞かせるように、こくりと頷いた。

「本当に少数だけど、恋人を見つけた人間もいるよ。潤也、いまは自分のことだけを考えればいい。なにがしたい？　これからどうしたい？　潤也もよく考えて。本当にバースィルがいいのか。きみはもう特待生じゃなくなる。嫌なら嫌と断ることができるんだ」

カイ・ヤンは潤也の両肩に手を置いて真剣に話してくれている。それなのに、自分の心の中はバースィルのことだらけ。あの熱い腕が、傲慢な視線が、猛った雄が恋しくてたまらない。

「いまなら逃がしてあげることができるよ」

逃げる？　誰から？　自分の両手両足にはもう見えない鎖がついているのに。

心はもう、あの部屋へ戻ることしか考えていなかった。

epilogue

左の足首につけられた金の環を愛おしげに撫でる。

鍵がなければ開かないそれは最愛の恋人しか開くことができない。

環から延びる鎖は充分な長さを持ち、潤也が部屋の中を好きに移動するには足りている。

ベッドの上で鎖を弄びながら、ぼんやりと宙に視線を漂わせていた。服はすべて取り上げられ、二十四時間生まれたままの姿でいることを余儀なくされている。

もう少しであの人が来る。

考えると待ち遠しくて、勝手に体の奥が潤み始めるのを感じた。

「は……、ん……」

目を閉じて琥珀の視線を思い浮かべる。強い瞳で全身を眺め回されるだけでいつも昂ってしまう自分の体。想像の中で長く見つめられるだけで腰が疼き、いつしかもじもじとベッドに下半身を擦りつけながら屹立させてしまう。

触れてもいないのに息が上がる。

「ん、はぁ……っ」

さらりとした綿のシーツに会陰と蜜袋を密着させ、腰を前後に揺らしてさざ波のように浮かぶ快感を追い求める。

「ん、ん、ん、ん、……あ、」

もっと、もっと強い刺激が欲しい。でもダメだ。それをしていいのは恋人だけ。手を使って自分を慰めることは禁じられている。

「ふ……、あ、あ……っ」

頭の中で熱い手に屹立を撫でられる想像をすれば、本当にそこに触れられたようにびくびくと震えた。先端に溜まった露がひと筋、茎を伝ってツッとシーツまで落ちる。そんな刺激にひどく感じて、開いた唇がふるりとわないた。

愛しい人の手はいつも乱暴に擦り立てて潤也の被虐的な欲望を煽り、裏腹に舌での優しい愛撫で後孔を蕩かす。

「あっ、あっ、それ……、もっと……」

もう少し。決定的な刺激が欲しい。

ぺたんとつけた股間をぐるぐる回すように強くシーツに擦りつける。

「あん…、あん…、あ、……んん……」

ぴんと勃ち上がった乳首が震えている。ここも触って欲しい。そこだけで達けるように躾けられた体を、弄り倒して。

ひくひくと蕾が震える。

淫らな妄想の突き上げに合わせて腰を振り、内奥を抉られるたびに腹の奥が熱く煮え崩れた。淫洞がぐねぐねと蠕動する。

「はっ、あ、出る……！　あ……、あっ、ああっ！」

びゅくん！　と白蜜が弾け飛んだ。さらに数度股を擦りつけると、とろっとろっと精道に残った蜜が溢れ出た。反り返った背をわななかせて余韻に打ち震える。

「はぁ……、は……」

肩で大きく息をつき、シーツに手をついて体の力を抜くと、ふしだらな妄想の残滓が皺《しわ》の間に溜まっていた。

こんなところあの人に見られたら――。

「待ちきれなかったのか、潤也」

ビクンとして声のした方を振り向く。

口もとを笑みに歪ませながら、潤也の支配者たる恋人が立っていた。

「バースィル……！」

姿を見るだけで恍惚としてしまい、名前を口に出すだけで自然に体温が上がる。

バースィルは潤也が放ったものを見て目を眇《すが》めた。

「こんなにシーツを汚して」

酷薄そうな笑みを浮かべながら髪を摑まれ、潤也の顎がぐんと突き上がる。

「ご、ごめんなさいっ、いやらしくてごめんなさいっ！　で、でも手は使ってません！」

「うるさい。俺を待てなかったことに変わりはない。誰が勝手に出していいと言った？　あとでお仕置きだ」

ああ……。

どんなお仕置きをされるのだろうと怯えながら喜悦に震えてしまう。

「ん……」

喰《く》らうようなキスを仕掛けられながら、髪を摑まれたままバースィルの首に腕を回して抱き寄せた。口づけはますます深くなっていく。

そのまま仰向けにベッドに倒されて、獣のような交わりが始まる。

口づけの中まぶたの裏にあの日の情景が蘇った。潤也がバースィルのものになった日。そして――。


「ぼくはもうエーグル・ドールに戻りません。他の特待生の手前、自分一人一般の学生になって通うなんて」

ルカには申し訳ないけれど、自分はもう特待生に戻る気はない。バースィルさえいなければ、自分に課せられた運命として卒業まで特待生を務め上げただろうが。

でももうバースィル以外の男に抱かれるのは耐えられない。

「たとえ学園からいなくなっても、おまえを手放す気はない」

手首を摑まれれば、触れた素肌から熱が広がった。もちろん、潤也にも離れる気はない。

「お願いがあります」

バースィルの背後の窓から見える空に、ぼんやりと霞む月が二人を眺めていた。潤也の目の前の月はもっとはっきりとした琥珀で潤也を眺めている。これは自分だけの月だ。

「ぼくを飼ってください」

潤也の月は、まばたきで隠されもせずに潤也を見つめている。

「ここで……、このホテルでぼくを繫いで。あなたの訪れだけを待つから」

毎晩やってきて。

週末はずっとこの部屋で。

あの炎のようなまなざしで、傲慢な口調で命令して、絶対的に支配して欲しい。

「ぼくが欲しいなら、責任を取ると約束してください。ぼくはもうバースィルしか欲しくないんです。あなたのものになりますから、あなたもぼくのものになってください。いらなくなったらあなたの手で殺すと約束してくれないなら、いますぐぼくを捨てて」

口もとに笑みを浮かべた恋人は、なんの躊躇いもなく潤也を抱き寄せた。

潤也がバースィルのものになった日。そして、バースィルが潤也のものになった日。もうすぐ春が来る。そして夏が来ればバースィルはエーグル・ドールを卒業する。その後はどこへ連れていかれるんだろう。どこでもいいと言っていた。それなら潤也が日本に行きたいと言えばそうしてくれるんだろうか。

きっと叶えてくれるだろうと頭の片隅で思いながら、最後の思考は獣の情欲に呑み込まれていった。

あとがき

はじめまして。かわい恋《こ》と申します。

『暴君王子の奴隷花嫁』をお手に取ってくださって、ありがとうございました。

この話は担当さまから「エロ系で書いてみませんか」とお声をかけていただいて考えたもので、そちら中心になっています。

私自身エロシーンを書くのは大好きなので、喜び勇んで書かせていただきました。おかげさまで（？）とんだエロ学園が舞台です。アラブ風の表紙からはそう見えないかもしれませんが、学園物のカテゴリーに入れてやってください。でも攻めは中東の王子ですから！

アラブ系の王族はやはり傲慢で強引で尊大な人が好きです。担当さまのメールにあった「王子さまに見初められたはいいけれど、ハイパー絶倫俺様王族だった」が的を射すぎていて忘れられません。すばらしい要約です。まさにそんな話です。

ラブ面では、うまく想いを表現できず相手を壊してしまいかねないバースィルと、真面目ゆえに要領よく立ち回れない潤也。想いがすれ違うシーンも見ていただけたらなと思います。

執筆にあたり、お世話になりました担当さま。本当にありがとうございました。山芋プレイにOKを出してくださった太っ腹ぶりが大好きです。ちなみに冷凍しておくといいというのは伊○家の食卓からです。王子さま、意外と庶民的です。

イラストをご担当くださいました藤村先生、お忙しい中ありがとうございました。キャララフが色っぽくて、この二人がどんな構図でからんでくれるんだろう……と思うと大興奮でした。美麗なイラストで彩っていただけること、本当に感謝しております。

そして末筆ではありますが、ここまでお読みくださいました読者さま、心からお礼申し上げます。またお目にかかれますように。

かわい恋

Twitter：@kawaiko_love

かわい恋先生、藤村綾生先生へのお便り、
本作品に関するご意見、ご感想などは
〒101-8405
東京都千代田区三崎町2-18-11
二見書房　シャレード文庫
「暴君王子の奴隷花嫁」係まで。

本作品は書き下ろしです

CHARADE BUNKO

暴君《ぼうくん》王子《おうじ》の奴隷《どれい》花嫁《はなよめ》

【著者】かわい恋《こ》

【発行所】株式会社二見書房
東京都千代田区三崎町2-18-11
電話　03(3515)2311[営業]
　　　03(3515)2314[編集]
振替　00170-4-2639
【印刷】株式会社堀内印刷所
【製本】ナショナル製本協同組合

落丁・乱丁本はお取り替えいたします。
定価は、カバーに表示してあります。

ISBN978-4-576-14064-3

http://charade.futami.co.jp/

スタイリッシュ&スウィートな男たちの恋満載
シャレード文庫最新刊

CHARADE BUNKO

すごく大事にするから、お嫁さんになってほしいです！

キリンな花嫁と子猫な花婿

真崎ひかる 著　イラスト＝明神 翼

大事なぬいぐるみと一緒に上京した佐知は、行きつけのカフェで寡黙な男・穂高と出会う。初キスの相手と結婚すると決めていた佐知は、唇を掠めただけの穂高に酔った勢いでプロポーズしてしまう。真面目すぎる穂高はなぜかプロポーズを真に受けて、「夫婦は一緒に住まなければ」と佐知を強引に自宅に住まわせ…!?